중년마마
납시오!

중년 마마 납시오!
좌충우돌, 지겨울 틈 없는 중년의 일상

초 판 1쇄 2024년 11월 28일

지은이 양정화
펴낸이 류종렬

펴낸곳 미다스북스
본부장 임종익
편집장 이다경, 김가영
디자인 임인영, 윤가희
책임진행 김요섭, 이예나, 안채원, 김은진, 장민주

등록 2001년 3월 21일 제2001-000040호
주소 서울시 마포구 양화로 133 서교타워 711호
전화 02) 322-7802~3
팩스 02) 6007-1845
블로그 http://blog.naver.com/midasbooks
전자주소 midasbooks@hanmail.net
페이스북 https://www.facebook.com/midasbooks425
인스타그램 https://www.instagram.com/midasbooks

© 양정화, 미다스북스 2024, *Printed in Korea*.

ISBN 979-11-6910-938-3 (03810)

값 18,500원

※ 파본은 본사나 구입하신 서점에서 교환해드립니다.
※ 이 책에 실린 모든 콘텐츠는 미다스북스가 저작권자와의 계약에 따라 발행한 것이므로
　 인용하시거나 참고하실 경우 반드시 본사의 허락을 받으셔야 합니다.

🏃 **미다스북스**는 다음세대에게 필요한 지혜와 교양을 생각합니다.

좌충우돌, 지겨울 틈 없는 중년의 일상

중년마마
납시오!

양정화 지음

미다스북스

일상 다섯,
그림책 읽다가 잠드는 밤 ●━━━━━━━━━━

프롤로그

오늘은 어제와 같은 듯 다른 하루입니다.

날마다 보는 하늘이지만 똑같은 구름은 없습니다.
죽은 줄 알았던 나무에서는 새싹이 나왔습니다.
오랜만에 본 친구의 딸은 친구만큼 키가 컸습니다.
지하철에서는 꽃무늬 블라우스를 예쁘게 맞춰 입은 여섯
명의 할머니를 보았어요.
식당에서 빨간 국물이 튈까 봐 목에 건 앞치마를 건널목을
건너다가 발견하기도 했지요.

오늘이 어제와 다를 수 있었던 이유 중 하나는 글을 쓰는 것
이었습니다. 사소했던 많은 것이 특별하게 보이기 시작했습

니다. 웃지 않으면 웃지 못할 일이지만, 웃으면 웃을 일이 되는 것이 많았습니다. 별것 아니던 것이 '별것'이 되었습니다. 세상에 대한 감각이 예민해졌다기보다 관심이 커진 거지요.

왜 글을 쓰려 하는지 생각했습니다. 그러다가 어떤 글을 쓰고 싶은지를 생각했어요. 추리 소설이 쓰고 싶을 때도 있었습니다. 동화를 쓰고 싶기도 했고요. 어느 날 글을 읽다가 웃는 사람들을 보고 알았지요. 쉽게 읽고 편하게 웃을 수 있는 글을 쓰고 싶다는 걸요. 사소한 일로도 함께 웃고 싶고, 말로는 다 표현할 수 없는 마음을 나누고 싶었던 거였어요.

나의 일상은 블록버스터 영화도 아니고 예술영화도 아니고 뚜렷한 클라이맥스도 없이 전개되는 작은 영화입니다. 평범한 일상을 글로 멋지게 풀어낼 재주도, 철학적인 울림을 담아낼 깊이도 모자라지요. 가벼운 위로, 짧은 웃음이라면 글로 나타낼 수 있을 것 같습니다.

스물아홉 살이라는 나이를 상상할 수 없던 때도 있었는데 중년이 되었습니다. 중년이라는 말은 아무리 들어도 낯섭니다. 젊어 보인다는 말은 위로가 되기도 하고 안 되기도 합니다. 젊어 보이는 거지 젊은 건 아니니까요.

그런데 중년의 삶이 생각보다 재밌습니다. 나 자신에게 그 어느 때보다 충실하고 다정한 시간입니다. 이 사람 저 사람 눈치 보느라 망설이던 때도 지났고 남의 시선에 크게 흔들리지 않을 만큼 단단해지기도 했습니다. 지난봄에는 직장인 밴드에서 키보드를 연주했습니다. 그림도 그리기 시작했고요. 길치인데도 운전을 즐기게 되었습니다. 단발로 잘랐던 머리카락은 다시 기르기 시작했어요.

나이가 뭐 대수인가요? 세상은 넓고 하고 싶은 일은 참 많네요.

<나의 아름다운 정원>, 처음으로 사람들 앞에 내어놓는 나의 그림입니다.

나를 치장할 어떤 것도 필요 없는 은밀한 나의 뜰에서

내가 사랑하는 것들을 온전히 누리고 싶습니다.

일상 하나

낯설지만
다정한 하루

안양천 2024년 1월 1일의 해가 떠오릅니다.

새로운 다짐을 많이 하던 때도 있었습니다.

이제는 해야 할 일보다 하지 않을 일을 생각해 봅니다.

작은 습관 하나를 바꾸면 뜻밖의 선물 같은 일이 생길지도 모르죠.

비 오는 날엔 췌에리를 드세요

답답해서 살짝 창문을 열었다. 바람이 급하게 빗방울을 껴안은 채 틈을 비집고 들어왔다. 그제야 여름밤의 빗소리와 바람 소리가 들렸다. 창호를 교체한 후론 외부의 소리가 잘 느껴지지 않는다. 아주 거칠게 비바람이 불지만 않으면 빗방울이 가득한 창의 풍경은 음소거가 된 TV 같다.

27층, 비는 눈앞에 머무르지 않고 한참 아래로 떨어졌다. 무수한 세로의 선들이 하늘과 땅 사이를 빽빽하게 채우고 있었다. 불투명 필터를 덧댄 것처럼 밤의 색은 선명하지 못했다. 이리저리 정신없이 땅을 훑고 흘러가는 소리는 없었다. 하지만 분명 공중에서도 비는 소리를 갖고 있었다. 그런 빗소리가 오래 들리는 날은 안양천이 물에 잠기곤 했다. 밤새 호우주의보가 호우경보로 바뀔 것 같았다.

비가 아침까지 계속되면서 안양천 인근에 주차된 차량을 이동하라는 방송이 아파트까지 들려왔다. 보통 이런 날이면 게으름의 최대치를 끌어내며 빈둥거리기 마련인데 무슨 바람이 불었는지 그동안 미뤘던 일을 꼭 해야 할 것만 같아 집을 나섰다.

버스 정류장에 도착도 하기 전에 차를 두고 나온 것을 후회했다. 버스 에어컨 바람에 젖은 옷들을 진정시키자마자 다시 빗속으로 들어갔다. 비바람 속에서 우산이 하는 일이라곤 안경과 앞머리를 사수하는 것뿐이었다. 그래도 그 쓰나 마나 한 우산이 어찌나 의지가 되는지 꼭 붙들 수밖에 없었다. 그때였다.

"비 오는 날엔 췌에리를 드세요~"

전혀 예상치 못했던 단어를 조합한 남자의 목소리가 들렸다. 김치전도 부추전도 아니고 체리라니! 잔뜩 몸에 힘을 주고 걸어가다가 나도 모르게 웃고 말았다. 하긴 비 오는 날이라고 꼭 기름 냄새 풍기는 음식을 먹어야 하나. 꿉꿉한 날씨와 엉겨 바닥을 치는 몸의 리듬을 끌어올리는 데에 새콤달콤 체리, 좋다. 딱 좋다.

신호등 아래에 서서 과일가게 쪽을 슬쩍 보았다. 바쁘게 오가는 사람들과 그들보다 더 큰 우산에 가려 목소리의 주인공도 체리도 보이지 않았다. 하지만 이미 마음으로 그와 하이파이브를 했다. 그의 말은 짧지만 힘이 셌다. 비의 기세에 눌렸던 나의 하루가 갑작스러운 체리의 등장으로 금세 생기가 돌았으니까.

스피커로 들리는 과일가게 주인장의 나직한 외침은, 적어도 그날만큼은 호객 의도가 느껴지지 않았다. 오늘도 좋은 하루 보내라고 건네는 인사 같았다. 오늘 장사는 아무래도 물 건너갔지만, 나도 당신도 흠뻑 젖은 옷처럼 착잡한 기분으로 하루를 보내지 말자는 다독임이었다. 가볍지 않은 체리의 붉은 빛이 산뜻하게 마음속에 번졌다.

한동안 거의 매일 체리를 생각했다. 비 오는 날의 체리, 온통 무채색인 날의 체리, 반짝 해가 뜬 날의 체리. 날이 좋아서, 좋지 않아서 체리가 생각났다. 그러다가 체리의 특별함에 대해 생각하기 시작했다. 체리의 맛, 체리의 향, 체리의 빛깔. 체리가 수박, 참외, 포도보다 더 대단한 것도 없는 것 같은데 왜 체리였을까. 주인장에게 비와 체리가 얽힌 무슨 사연이라도 있는 건가. 가게에 한 자리씩 차지하고 있는 많은 과일 중에서 주인장은 왜 비 오는 날 체리를 먹으라고 했을까.

문득 오래전 열심히 읽었던 시 한 편이 떠올랐다.

"내가 그의 이름을 불러 주기 전에는…
하나의 몸짓에 지나지 않았다."

아….
비가 무지하게 퍼붓던 오후, 주인장이 마이크를 잡고 체리를 외친 순간 체리는 특별해졌다. 물 건너온 것 빼곤 밋밋했던 체리의 일생이 역주행을 시작한 순간이었다. 스티로폼 용기와 랩에 쌓여 적당히 대접받던 수입 과일이 아니라 하얀 생크림 조각 케이크를 완벽하게 만들기 위해 가장 마지막에 올려진 특별한 존재, 적어도 나에겐 그랬다.

이름을 불러 준다는 건 그런 건가 보다. 잊고 있었던 것, 감추어졌던 것, 알지 못했던 것들을 발견하게 되는 것.

체리는 좋겠다.

길치 드라이버

장롱면허를 탈출하고 운전을 시작했을 때, 나는 아는 곳이든 모르는 곳이든 무조건 내비게이션을 이용해서 갔다. 너무나 자주 다녔던 곳이지만 커다란 쇳덩어리를 나와 한 몸처럼 부려서 도로 위를 달리는 건 또 다른 일이었다.

초보운전자 시절엔 내비게이션이 알려 주는 거리에 대한 감이 없어서 좌회전이나 우회전을 놓칠 때가 많았다. 더구나 길눈이 어두운 나는 초행길일 때면 내비게이션이 자괴감에 빠지게 했다. 내비게이션은 경로를 재수정해서 외쳐대기 바빴고 나는 땀을 뻘뻘 흘리며 최선을 다했지만, 진입로를 계속 놓치다가 내비게이션과 함께 U턴의 함정에 빠져 버리곤 했다.

"어휴, 주인 잘못 만나 네가 고생이 많다."

　그래서 처음 가는 길일 때는 사전 조사를 했다. 미리 인터넷으로 경로를 파악하고 주차할 곳도 찾아보았다. 그런 준비가 무색하게 길을 헤맬 때도 있었다. 가는 길만 검색하고 오는 길은 검색을 안 해 봤기 때문이라고 웃기는 변명을 해 본다. 하지만 그건 정말 사실이다. 갈 때는 잘 갔는데 돌아올 때는 길이 너무 낯설어 보였다. 갔던 길로 다시 오기만 하면 되는데 나는 그게 잘 안 됐다. 이웃하고 있는 광명시에 갔다가 안양시로 돌아오는데 난데없이 가산디지털단지에 가 있거나 고속도로를 타고 아주 멀리 갈 뻔했었다면 길치의 레벨이 어느 정도인지 감이 오려나.

　길치 드라이버로서 버킷리스트가 있다면 300km쯤 떨어져 있는 친정집을 혼자 운전해서 다녀오는 것이다. 언젠가 혼자 운전해서 가려 했더니 남편도 부모님도 절대로 안 된단다. 딱 한 번, 큰마음 먹고 친정까지 운전해서 간 적이 있긴 하다. 조수석에는 남편이 앉아 있었고 돌아올 때는 남편이 운전했지만 말이다.

"어깨 힘 빼. 팔도 힘 좀 빼."

"너 그러다 병나겠다."

"내가 할까?"

남편이 틈만 나면 말을 걸더니 코를 골기 시작했다. 이렇게 잘 자는 걸 그동안 혼자 고생시킨 것 같아 미안했다. 푹자게 두면 좋으련만 분기점이 가까워짐을 내비게이션이 알리자마자 남편을 깨웠다. 안내하는 대로 차선을 변경하면 될일이지만 나는 나를 믿을 수가 없었다.

고속도로가 운전하기 더 쉽다고 말하는 사람들이 많지만 나는 운전이 어려운 게 아니다. 길눈이 어두운 게 문제인 거다. 시내에서야 길을 놓치면 쉽게 U턴이나 P턴을 할 수 있지만, 고속도로에서 IC나 JC를 놓치면 일이 커진다. 게다가 실시간으로 고속도로와 국도를 오가며 안내하는 내비게이션은 신박하지만 나에겐 필요악이나 마찬가지다. 운전하는 걸 보면 배짱 좋아 보인다고 누가 그랬지만 등짝이 축축하도록 땀을 흘리는 건 나만 아는 비밀이다. 그러니 웬만하면 운전대를 잡고 시(市) 경계를 넘어가지 않았다.

"난 빗소리 들으며 차 타고 가다가 잠드는 게 너무 좋아. 진정한 드라이브지."

"악~ 삐딱하게 잤나 봐. 목이 안 펴져!"

햇빛을 가린다며 마스크를 눈에 쓰고 자다가 갑자기 소동을 피우는 마누라를 귀엽게 봐 주는 남편이 있으니 내가 친정 가는 길을 아직도 더듬고 있는 건지도 모르겠다.

길치에게 가장 운전하기 편한 길은 어떤 길일까? 8차선 넓은 도로도, 한밤중 텅 빈 도로도 아니다. 바로 익숙한 길이다. 어디쯤 속도위반 카메라가 있는지, 어느 차선이 직진과 좌회전이 다 가능한지, 어디쯤 갑자기 차선이 없어지는지, 우회도로가 어디 있는지, 상습 정체 구간이 어디인지 다 알고 있는 길. 익숙한 길을 운전할 때는 캄캄한 밤 아무리 비가 쏟아져 차선 하나 보이지 않아도 두렵지 않다. 내비게이션이 고장 나도 괜찮다.

운전한 지 꽤 된 데다가 이 도시가 고향보다 편안해지면서 '드라이브의 맛'을 알게 되었다. 경치 좋은 교외의 드라이브 코스는 아니지만 좋아하는 음악을 들으며 익숙한 길을 운전하다 보면 기분이 좋아진다. 운전하는데 명상하는 것 같은 기분이 들 때도 있다. 달리다 보면 나는 길치가 아니라는 생각까지 하게 된다.

가끔은 충동적으로 낯선 길에 들어서기도 한다. 괜찮다. 낯설어 봤자 나의 홈그라운드니까.

길치도 운전이 즐겁다.

아날로그형 인간

"나… 떨고 있냐?"

"아니."

"그게 겁나. 내가 겁낼까 봐."

- 드라마 <모래시계> 중에서

운전면허 딴 지 30년, 장롱면허 탈출한 지 15년. 이 정도면 거의 자동차로 전국 일주라도 해야 할 판인데 나는 내가 살고 있는 도시의 경계를 넘어간 적이 거의 없는 '로컬 면허'다. 운전하다 딴생각하기 일쑤고, 사람 얼굴은 잘 알아보지만 길눈은 어둡기 때문이다.

주말에는 남편 차로 움직이다 보니 10년 된 내 차의 주행 거리는 고작 26,000km 정도. 고속도로를 제대로 달려 본 적이 없어서 그런지 가속페달을 좀 급하게 밟기라도 하면 레이싱 카에서나 나는 그런 소리가 난다.

"부아아아아앙."

처음에 고속 주행으로 길들이지 않아서 그렇다고도 하는데 상관없다. 어차피 고속 주행할 일이 없으니까. 한 번씩 부앙거릴 때마다 웃길 뿐이다. '너 참 애쓴다.'

예술의 전당 전시회를 예약한 날이 다가오던 어느 날, 친구와 커피를 마시다가 나도 모르게 말해 버렸다.

"내 차로 가 볼까?!"
"그래. 백운호수나, 예술의 전당이나 거기가 거기야. 그냥 우리 동네라고 생각하고 가면 돼."
"그래? 그럼 가 보지, 뭐."

가는 길을 미리 검색했다. 내비게이션이 있어도 미리 살펴두지 않으면 또 어느 동네에 가 있을지 모른다.

'통행료가 있다고? 그렇지. 그럼 톨게이트를 지나야 한다는 건데. 아, 벌써 불안하다.'

전시회 날 아침, 오전 10시가 넘었는데도 도로는 출근 시간을 방불케 했다. 시 경계가 가까워지니 등이 편안하게 의자에 붙어 있지를 못했다. 몇 번이나 지나다닌 길이지만 이번엔 운전대를 잡은 사람이 '나'라는 게 문제였다. 강남순환로 표지판을 보고 들어섰는데, 이런!

"아, 하이패스! 하이패스 안 써 봤어. 신랑이 달아 놨는데 되는지 안 되는지 몰라."

톨게이트 코앞에서 다급해진 나의 외침에 친구는 당황하지 않고 측면을 눌렀다. 불이 들어오고 잔액을 말하는 것 같았다.

"히야~ 하이패스를 다 써 보네."

쭉쭉 길이 뚫렸다. 그 긴 터널이 너무나 아늑하게 마음껏 달리라고 길을 열어 주었다. 해저 터널 재난 영화와 터널 사고 영상들을 본 탓인지 터널에 들어갈 때면 약간 긴장하곤 했는데 오히려 터널이 안전하게 느껴졌다. 맨날 하는 운전인데 신나는 건 또 뭔지. 그래도 터널은 터널이니까 제한속도는 지키는 걸로.

퍼어엉! 터널을 벗어나니 코앞이 사당역이었다. 지구를 관통하는 우물 속으로 떨어져 반대편 하늘로 솟아오른 그림책 속의 악어와 병아리가 된 것 같았다.

"우오오오~ 서울이닷!"

예술의 전당은, 아주 갈 만했다. 차선 변경 타이밍 정도는 운전 경력 15년이면 거의 본능적으로 알게 되는 것이고 길치로서의 두려움만 극복하면 되는 거였다.

"다음부터 예술의전당 갈 땐 내가 운전할게. 별거 아니네."
"너 운전 잘한다니까."
"흐흐흐, 조건이 있어. 꼭 네가 옆에 있어야 돼."

옆에 누군가 있기만 하면 배짱 좋은 베스트 드라이버가 된다.

"지금 미리 이 차선으로 들어가야 해."
"좀 있으면 이 차선 없어져."
"괜찮아. 저기서 돌리면 되지."

내비게이션보다 한발 먼저 나서서 길을 알려 줄 사람, 내비게이션이 있어도 버벅대는 나를 웃으며 격려해 줄 사람이 함께 있다면 어디든 아니고 웬만하면 갈 수 있다. 나는 아직 기계보다 사람이 더 믿음직스러운 옛날 사람 아닌 옛날 사람 같은 요즘 사람.

고작 17km 떨어진 서울에 다녀온 게 뭐 대수일까 싶지만, 길치 드라이버에겐 너무나 대수였던 날이었다.

잠 못 드는 밤 달은 빛나고

　나는 수면 시간이 길지는 않지만 누가 깨우지 않는 이상 한번 잠들면 화장실도 가지 않고 쭉 자는 편이었다. 새벽 한두 시에 잠자리에 드는 게 예사였는데 언제부턴가 그 시간이 넘어도 잠이 오지 않는 밤이 간간이 찾아왔다. 물론 오후 늦게 커피를 마셨다거나 밤에 무언가에 집중하다가 잠들기 어려워질 때도 있다. 하지만 아무 이유도 없이 잠들지 못할 때가 있다는 게 문제다.

　너무 졸려서 침대에 누웠는데 갑자기 정신이 말똥말똥해질 때가 그렇다. 그러면 휴대전화로 인터넷 뉴스를 보다가 기도를 하다가 이 생각 저 생각에 빠진다. 그러다가 잠이 들기도 하지만 어떨 땐 창문 블라인드 사이로 날이 밝아 오는 걸 본다. 불면의 밤이 제대로 찾아오면 사오일씩 계속되기도 한다. 두어 시간 잔 것 같지도 않은데 알람 소리와 동시에 눈이 번쩍 떠진다. 희한하게 피곤하지도 않다. 잠을 못 자는 건가 안 자는 건가, 이래도 괜찮나 싶을 때쯤 수면 패턴이 다시 예전처럼 돌아온다.

몸이 후끈후끈해지고 잠귀 밝은 남편 때문에 마음대로 뒤척이기 불편한 밤이면 거실로 나간다. 베란다에서 창을 열고 바람을 쐬다가 뜻밖에 달을 볼 수도 있다. 불 켜진 맞은편의 창문을 보는 사이 달은 사라지고 어딘가에서 잠들지 못하는 중년의 동지들에게 말을 건넨다.

'잠 못 드는 밤 빗소리도 좋지만 보름달을 보는 것도 참 좋네요.'

소곤소곤

가을은 내내, 오는 중이네요
바람의 결이 달라졌어요
휘리릭 마음을 흐트러뜨리더니
길을 하나 내 버렸어요
그 길을 천천히 따라가다 보니
밤이 한참 늦었어요

냉장고의 소음도 없었더라면 참 밤이 심심할 뻔했어요
지금 무얼 하고 계신가요?
잠들지 못했던 밤을 새고 또 새고
잊혀질 기억들을 깨워 온 밤을 소란스레 보내고 계신가요?
벌써 나뭇잎들이 스스로 떨어질 준비를 시작했어요
나는 여전히 땀 흘리며 열린 창 앞에 앉아 있는데 말이지요

달이 스윽 창을 훑고 멀어집니다
고요히 눈을 맞춘 달은
한눈팔기 무섭게 사라집니다
달은 생각보다 아주 민첩하게 시간을 맞이합니다

중년 마마 납시오!

화분들도 피곤한 기색을 감출 수 없을 때쯤

창을 닫으러 나가 보니 아직도 잠들지 않은 창이 남아 있네요

나도 잠이 오진 않지만,

지금이라도 잠을 자야 할 것 같아요

누군가는 비웃을지 모를 게으른 나의 아침을

정성껏 맞이하기 위해서요

이제 정말 자야겠어요

사랑한다면 할라피뇨 크루아상처럼

어! 페이스트리 전문점이 생겼다.

버스를 타면 거리의 간판을 살피기 바쁘다. 자주 지나다니는 길이지만 운전할 때는 자세히 볼 수 없던 간판들을 살펴보는데 참 재밌다.

'깔끔하게 간판을 교체했구나.'
'새로 생겼네. 원래 여기 무슨 가게가 있었더라?'
'저기는 다음에 꼭 가 봐야지.'

그런데 한 가게가 시선을 잡았다. 페이스트리 전문점이라… 아침마다 핸드밀로 갈아 내린 커피와 빵을 즐기다 보니 무한 호기심이 생겼다.

우리 집 '땡그리 공주'는 어릴 때 크루아상을 좋아했다. 모양 때문이었는지는 모르겠지만 간식을 사러 빵집에 함께 들를 때면 크루아상을 가리키곤 했다. 크림이나 잼도 없이 오로지 버터맛 하나로 승부하는 크루아상을 좋아하는 것이 신기했다. 페이스트리 하면 떠오르는 것은 크루아상, 애플파이, 고구마 파이 정도인데 저 가게엔 어떤 페이스트리가 있을까?

오며 가며 눈도장만 찍다가 드디어 들어가 볼 기회가 생겼다. 처음 친구와 빵집을 찾은 날, 홀린 듯이 집어 올린 빵 맛을 보고는 결심했다. 적립 카드도 만들었다.

'여기 있는 모든 빵을 다 먹어 보고야 말겠어.'

두 번째 찾아간 날, 눈을 맞추기 위해 애쓰는 페이스트리들을 왼쪽부터 빈틈없이 훑어보고 있는데… 아니 이것은! 생크림 듬뿍, 빨간 딸기, 노란 망고, 다홍빛 레드자몽이 얹어진

페이스트리들에게 정신이 팔려 미처 발견하지 못했던 페이스트리가 떡 하니 앞줄에 있었다.

'설마, 설마 저것은 할라피뇨?'

반으로 가른 크루아상 안에 노랗고 굵은 치즈와 상앗빛 마요네즈 소스가 나란히 줄을 서 있고 그 가운데를 할라피뇨가 옹기종기 따라 줄을 섰다. 그리고 그 아래 풀빛의 길쭉한 소시지가 보일 듯 말 듯 숨어 있었다. 옆에 페이스트리를 소개한 작은 카드를 보니 청양고추 소시지였다. 예상 못한 조합에 호기심이 발동했다. 할라피뇨가 든 핫도그는 먹어 봤지만 크루아상에 청양고추 소시지와 할라피뇨라니. 망설일 것도 없이 두꺼운 할라피뇨 크루아상을 집어 들었다. 망고 크루아상과 고구마 파이까지. 직원이 빵 상자를 최대한 평평하게 장바구니에 넣어 주었다. 혹시나 기우뚱해서 생크림이나 망고가 흘러내릴까 할라피뇨가 떨어질까 조심조심 들고 갔다.

"크루아상 사 왔어. 근데 희한해."

땅그리 공주와 마주 앉아 한 입씩 나눠 먹었다.

"음, 괜찮네."

한겹 한겹 바삭한 버터맛 사이로 묵직하게 소시지가 씹히고 이어서 할라피뇨가 끼어들었다. 고소함과 매콤함, 달콤함과 짭쪼름한 맛이 둥글게 둥글게 이어졌다. 생크림 과일 크루아상이 디저트 느낌이라면 할라피뇨 크루아상은 배가 든든하다. 알록달록 상큼한 크루아상에 비해 비주얼은 아무래도 떨어진다. 그래도 뚝배기보다 장맛이라고 할라피뇨 크루아상 편을 들어 본다.

남편과 MBTI라는 성격 유형 검사를 해 보고 둘이서 웃음이 터진 적이 있다.

"우리는 정말 안 맞아, 안 맞아."

나는 ENFP(외향, 직관, 감정, 인식형), 남편은 ISTJ(내향, 감각, 사고, 판단형)였다. 어쩜 지표를 나타내는 여덟 개의 문자 중에서 겹치는 게 하나도 없을까. 재미로 한 검사였지만 신빙성이 떨어진다고 말할 수가 없었다. 우리는 처음 만날 때부터 성격도 취향도 취미도 맞는 것보다 맞지 않는 게 훨씬 많았으니까. 그럼에도 불구하고 우리는 가지지 못한 것을 채워 주는 서로에게 고마운 마음을 가진 장수 커플이 되었다. 함께하며 각자의 세계가 확장되었다. 이제는 잘 맞는 것도 같고 닮은 것도 같다. 우리가 아주 다른 사람이라는 걸 문득 깨달을 때도 있다. 서로의 다름이 힘들 때도 있지만, 서로의 다름이 의지가 되고 안정을 준다.

크루아상과 할라피뇨처럼 어울릴 것 같지 않은 사람들이 만나 부부가 되고 혹은 친구가 되어 오래오래 함께하는 모습을 본다. 개성이 강해 부딪칠 일이 많았을 텐데 서로의 빈 부분을 채우고 서로에게 물들어가며 나이를 먹어 가는 모습이 참 보기 좋다. 처음엔 서로에 대한 선입견과 어긋남으로 힘든 시간을 보냈겠지만 그런 시간을 잘 지나와서 요란하지 않게 어우러진 그들은 평범한 듯하지만 특별해 보인다.

처음 보는 조합이어서 어떤 맛일지 궁금했던 할라피뇨 크

루아상은 전혀 다른 사람들이 만나 서로를 편안하게 보듬게
된 그들 그리고 우리를 떠올리게 했다.

그냥 지나치지 않기로 해요

매화, 벚꽃, 산수유, 수선화, 철쭉, 진달래, 유채꽃, 튤립, 이팝나무꽃, 장미, 코스모스, 국화…. 우리나라엔 꽃 축제가 참 많다. 집 바로 뒤 안양천에서는 봄마다 벚꽃 축제가 열리는데 여의도로 구례로 벚꽃을 보러 간다. 가까운 군포에 철쭉도 보러 가고 서울대공원에 장미도 보러 간다.

언제부터였을까? 내 카카오톡 프로필 사진에 꽃이 등장하기 시작했다. 엄마들 프로필 사진은 대부분 꽃밭이라더니 나도 그런 나이가 되었나 보다. 꽃이 예쁜 나이.

겨울이 따뜻해서 꽃이 금방 필 거라고 했지만, 봄은 그렇게 호락호락하지 않았다. 꽃 축제 날짜는 예년보다 당겨졌는데 꽃들은 담합을 한 듯 모두 웅크리고만 있었다.

　　　　　　　　　　　중년 마마 납시오!

"이러다 벚꽃도 없이 벚꽃 축제하게 생겼네."

"날씨가 왜 이래? 꽃이 피었다가도 얼어 죽겠어."

예상과 다른 날씨 탓을 하며 꽃이 피지 않는다고 조급해했다. 봄이 조금만 천천히 지나가길 바랐다.

쌀쌀한 봄날이 계속되었지만 서산으로 수선화를 보러 가기로 했다. 축제가 시작되어 사람들로 붐비기 전날, 좋은 사람들과 예쁜 꽃들을 실컷 보고 온다니 마음이 들떴다. 안양보다는 아랫동네이니 따뜻해서 꽃이 좀 더 피지 않았을까 기대도 됐다.

그런데 우리를 맞이한 건 노란 수선화 대신 파밭인가 싶게 초록 줄기만 빼꼼한 입 다문 수선화들이었다. 해가 잘 드는 곳에서는 해사한 노란 웃음을 띤 수선화들을 만날 수 있었지만 아쉬운 건 어쩔 수 없었다.

허전한 공간들을 지나가는 그때, 마른 땅과 돌 틈에서 언뜻 눈길을 끄는 것이 있었다. 나를 부르는 낯선 파란 빛에 끌려 다가가 보니 처음 보는 아이들이 온 힘을 다해 올려다보고 있었다. 얼른 사진을 찍어 검색하니 절대 잊어버리지 않을 이름이다. 큰개불알풀. 하필 예쁜 이름 다 놔두고 이런 이름을 붙였을까 생각하는데 '봄까치꽃'이라는 예쁜 이름도 갖고 있다는 걸 알았다. 다행이다. 봄 소식을 전해 주는 반가운 꽃이라고 그런 이름을 붙여 주었나 보다.

수선화가 만개했더라면 그냥 지나쳤을지도 모를 작고 낮은 푸른 꽃들과 인사했다. 우연한 만남이 쉽게 잊히지 않을 추억이 되었다. 이제 서산은 수선화보다 봄까치꽃을 알게 된 곳으로 기억될지도 모르겠다.

진가를 알지 못하고 스쳐 간 것들을 생각한다. 우연이 인연이 될 수도 있었을 사람들, 아름다움을 깨닫기도 전에 돌아섰던 것들은 얼마나 많을까.

앞으로 걸어갈 곳, 만날 사람, 눈과 손이 머무를 모든 것들을 무심히 보내지 않기로 한다.

봄까치꽃

아직 겨울이 떠나지 않은 곳
벚꽃도 수선화도 망설일 때
이미 넌 봄을 부르고 있었구나
난 그저 무릎을 굽히고
고요히 너와 눈을 맞출 뿐

지방간이지만 새우깡은 먹고 싶어

"귀하의 수치는 동반 질환 유무에 따라 약물 치료가 필요할 수 있으므로 의사와 상의하시기 바랍니다."

건강검진 결과를 받고 비장한 각오로 이른 아침 안양천으로 나갔다. 걷기 딱 좋은 계절이 왔다 싶었는데 결심한 첫날부터 하필 아침 기온 10도, 여름이 지나간 후 가장 쌀쌀한 아침이었다. 얇은 바람막이 하나 달랑 입었더니 목 언저리로 바람이 숭숭 들어오고 손이 시려 주머니에서 손을 뺄 수가 없었다.

그런데 이런 날씨에 반바지 차림으로 달리는 사람이 있었다. 쳐다보며 놀라는 중인데 반소매 티셔츠를 입은 채 열심히 팔을 흔들며 걷는 사람들이 보였다. 나처럼 웅크리고 쭈뼛거리는 사람은 없었다. 열심히 걸으면 안 춥긴 하겠지만….

하아. 나는 왜 이 시간에 찬바람 맞으며 이 길을 걷고 있나. 탄수화물을 사랑한 죄, 탄수화물에 중독된 줄 모른 죄, 운동은 고사하고 걷지도 않은 죄.

지금 이 순간, 가장 부러운 사람은?
탄수화물이 당기지 않는 자,
탄수화물을 소 닭 보듯 하는 자,
탄수화물을 실컷 먹을 수 있는 자,
탄수화물이 몸에 어떤 영향도 줄 수 없는 자,
탄수화물을 꼭 먹어야 하는 자,
탄수화물을 지금 먹고 있는 자.

비알콜성 지방간이 알콜성 지방간보다 더 안 좋다는 것은 알았지만 탄수화물이 지방간을 부추기고 있단 생각은 전혀 하지 못했다. 밤늦게 남편이랑 마주 보고 퍼먹던 유지방 가득한 아이스크림들만 아니면 괜찮을 거라는 건 착각이었다.

나의 사랑하는 스낵 3종 세트인 새우깡, 양파링, 포스틱 정
도는 야식 축에도 못 끼는 귀여운 군것질이라고 생각했던 이
바보야! 밥만 줄이면 뭐 하냐. 탄수화물 총량의 법칙. 빵, 떡,
면, 과자!

　매년 하는 건강검진의 종합 판정 소견은 언젠가부터 한 바
닥 가득하다. 형광펜으로 줄을 그으며 읽어야 한다. 골고루
새로운 문제점이 추가된다. 추적검사를 해라, 정밀검사를 해
라 그런 건 새삼스럽지도 않다. 고지혈증이라니! 거미형 몸
뚱이의 최후인가. 나쁜 콜레스테롤이 결국 표준치를 훌쩍 넘
었다. 고지혈증 약을 먹어야 하는 건가? 중등도 지방간에 복
부 비만. 4년째 몸무게는 표준인데 체지방은 초과고 근육은
미달이다. 옷으로 가려지는 살은 걱정할 필요 없다고 누가
그랬는가.

　억울하다, 억울해! 맛있는 거 실컷 먹지도 못했는데. 원래
개미허리였는데 갱년기 오니 살이 막 찌더라는 지인의 말이
머릿속에서 왱왱댔다. 설마가 사람 잡는다더니 설마가 내 근
육을 잡아먹고 물렁살을 내놓았구나. 이제 설탕으로 코팅한

도넛은 한 번에 하나만 먹으리. 아무리 당이 떨어진다 싶어도 와구와구 먹지 않으리. 배부를 때 절대 드러눕지 않으리.

3개월 후 재검을 받겠다는 각오로 열심히 움직이기로 했다. '체지방 −3.8kg, 근육 +4.7kg'. 그렇게까진 못할 것 같고 다만, 밤 11시 죄책감 없이 새우깡 한 주먹을 먹기 위해 안양천을 걷고 27층 계단을 오른다.

낯설지만, 다정한 하루를 끝내며

단 한 번뿐인 오늘입니다.

생각지도 못했던 일들이 아무렇지 않게 나를 찾아왔습니다.

조금은 낯설지만 두렵지는 않습니다.

오늘도, 내일의 오늘도 다정하게 보듬어 살아 보렵니다.

중년 마마 납시오!

일상 둘

사소해서
특별한 하루

친정집 마당의 눈부신 봄입니다.

해발 700여 미터, 이곳에서 만나는 햇볕과 바람은

분명 도시와 다릅니다. 나도 모르게 스며듭니다.

아무리 좋은 건조기도 안 되는 게 있지

볕이 좋은 날이면 빨래를 하고 싶었다. 외출했다가 더없이 화창한 하늘을 보면 조바심이 나기도 했다. 무조건 빨래를 해야 할 것 같았다. 살림 못하게 생겼다는 말까지 들은 마당에 주부 9단이나 살림의 고수 코스프레도 필요 없는데 왜 그렇게 빨래가 하고 싶은 걸까?

1년에 서너 번 친정에 갈 때면 부모님은 이불을 미리 꺼내어 빨거나 햇볕에 널었다. 이불장 속에서 묵은 냄새라도 뱄을까 봐 그러신다 했다. 한두 개도 아니고 네 식구가 쓸 이불을 일일이 옥상까지 올렸다 내렸다 하는 것은 보통 일이 아니었을 거다. 정성으로 손질한 그 이불에 아이들과 함께 뒹구는 시간은 엄마의 밥상 앞에 앉을 때 다음으로 즐거운 시간이었다.

엄마는 항상 이불을 많이 꺼냈다. 바닥에 등이 배길까 봐 두꺼운 목화솜 이불을 깔고 그 위에 얇은 면 이불을 깔았다. 덮을 이불은 사람 수 대로 꺼내 놓았다. 이불에 코를 박고 숨을 들이쉬면 따뜻한 냄새가 났다. 옥상의 쨍쨍한 햇볕을 구석구석 빠짐없이 채운 이불은 금방 나를 무장 해제시켰다. 이불은 어떤 몸과 마음도 받아 줄 준비가 되어 있었다. 은밀하게 햇볕 냄새를 품은 이불을 돌돌 말고 누워 있으면 행복한 번데기가 된 것 같았다.

그런 기억 때문인지 아이들은 다 커서도 외갓집의 이불을 좋아한다. 나는 아무래도 햇볕 냄새에 중독이 된 것 같고. 그래서 그렇게 햇볕 좋은 날이면 서둘러 빨래를 하고 햇볕 아래 내어놓고 싶은 건지도 모르겠다.

엄마는 틈만 나면 해가 잘 드는 집에서 사는 게 소원이라고 했다. 오래 살아서 정든 집이지만 어둡고 온기가 없어 안 좋다고 했다. 제주도 바다 가까이에서 나고 자란 엄마가 너무나 당연하게 누렸던 것이 도시의 단독주택에서는 포기하고 살아야 하는 부분이 되었다.

엄마는 결혼한 지 35년이 넘어서 소원을 이뤘다. 귀촌하며 해발 고도가 높은 지역에 남쪽을 향해 가로로 길쭉한 집을 지었다. 게다가 이웃들이 일조권에 아무런 영향을 주지 않을 만큼 떨어져 있다. 옥상에 가지 않아도 넓은 마당 한 편에 맨 줄에 빨래를 널면 두세 시간 만에 바짝 마른다. 부엌과 다용도실을 빼곤 집안 어디나 해가 가득 들어오지만 덥지는 않은, 꿈에 그리던 남향집을 얻었다.

빨래가 초록의 잔디 위로 그림자를 만들며 바람에 나부끼는 모습은 가끔 뜻밖의 힐링을 선사한다. 뜨거운 햇볕 아래 온전히 자신을 드러낸 젖은 모든 것들은 망설일 틈도 없이 움켜쥔 물기와 그만큼 무겁게 스민 냄새와 기억을 모두 내어 놓는다. 그런 후에 채워진 햇볕의 냄새는 참 가볍지만 오래 간다.

나도 결혼 후 4년을 서향집에 살며 엄마와 비슷한 소원을 가졌었다. 해 잘 드는 시원한 남향집에 사는 것. 나는 엄마보다는 빨리 7년 만에 그런 집에서 살게 됐다. 아파트 베란다이긴 하지만 실컷 해를 맞는 빨래를 보고 있으면 기분이 좋았다. 빨래가 다 마른 후 걷으며 냄새를 맡으면 친정의 이불과 같은 햇볕 냄새가 났다. 햇볕 냄새가 내 몸도 정화하는 것 같았다. 엄마 냄새를 맡는 것 같기도 했다.

그렇지만 결국 건조기를 사고야 말았다. 건조기를 쓰는 지인들의 강력한 추천에도 빨래는 햇볕에 말리는 게 좋다는 고집을 꺾지 않았었는데 말이다. 올여름 엄청난 비 예고가 있었던 데다가 남편과 우연히 빨래방을 이용해 본 후 왜 그렇게 건조기를 사라고 했는지 알게 되었기 때문이다.

비가 내리 일주일씩 오는 요즘이지만 건조기가 있어 빨래하는 일이 두렵지 않다. 빨래가 밀릴 일도 없다. 세탁할 때 해결되지 않은 먼지나 찌꺼기도 제거되어 빨래 개기가 훨씬 수월하다. 비가 오지 않아도 바쁜 날에는 건조기를 이용하곤 한다. 다 마른 빨래에선 건조기용 드라이 시트의 허브 향이 난다. 건조된 직후의 보드랍고 뜨끈한 느낌도 참 좋다. 왜 진작 사지 않았을까 후회가 될 정도로.

그런데 뭔가 아쉽고 뭔가 불편하다. 아! 냄새, 냄새 때문이다. 내가 좋아하는 냄새, 인공의 향으로는 만들 수 없는 햇볕 냄새가 느껴지지 않는 것, 그래서다. 나는 아무래도 빨래를 까슬할 정도로 다 말리고 남은 따뜻한 햇볕 냄새가 참 좋다. 오랜 비가 그치면 건조기는 당분간 개점휴업 상태가 될지도 모르겠다.

계단 위의 순례자

　1층에 서 있는 엘리베이터를 못 본 척하고 계단을 오르는
건 생각보다 결심이 필요하다. 우리 집은 5층도 11층도 아니
고 27층이니까.

　마침 운동화를 신었고 급한 일도 없으니 오랜만에 걸어 올
라가기로 했다. 핸드폰의 스톱워치를 켰다. 비가 오든 눈이
오든 상관없고 돈 한 푼 안 들 뿐 아니라 시간 대비 효과도
아주 좋은 운동이 계단 오르기지만 27층이 주는 심리적 높이
는 만만치 않다.

　높은 층에서 살다 보면 좋은 점도 많지만 아주 곤란할 때
가 있다. 엘리베이터가 고장 나거나 점검 중일 때가 그렇다.

운행이 가능할 때까지 다른 곳에서 시간을 보낼 때도 있지만 꼭 걸어서라도 올라가야 할 때가 있다. 그래서 유치원에 다니던 딸을 업고 걸어 올라가거나 하이힐을 벗어서 들고 걸어간 적도 있다. 하필 급한 일들이 생겨 하루에 세 번을 걸어서 오르내렸던 적도 있다. 이럴 때면 고층 아파트는 엘리베이터가 삶의 질을 결정한다는 말을 저절로 하게 된다.

뒷짐을 지고 같은 속도로 쉬지 않고 올라갔다. 여덟 계단, 네 발자국, 다시 여덟 계단. 한 층을 올랐다. 계단과 계단을 연결하는 평면의 공간이 없다면 계단 오르기를 쉽게 포기했을지 모른다. 그 공간을 지나며 두 다리는 다음에 나타날 계단에 도전할 힘을 얻는다.

걸어 올라가다 보면 엘리베이터를 탈 때는 알 수 없던 것들을 알게 된다. 적당히 아는 척하고 적당히 거리를 두었던 이웃의 살아가는 모습들이 새삼 정겹다. 우리 집만큼이나 많은 택배 상자가 쌓여 있고, 삼 남매가 타는 유모차와 킥보드, 보조 바퀴 달린 자전거가 나란히 세워져 있기도 하다.

'그 스티커는 아직도 붙어 있을까? 12층과 13층 사이였던 것 같은데.'

아하. 누군가가 떼다가 포기한 것 같은 모습 그대로 유리창에 딱 붙어 있다. 볼 때마다 기분이 좋아진다. 그렇게 반가울 수가 없다. 스티커를 떼 내고 나서 버려야 할 것들을 유리창에 붙이며 얼마나 신났을까? 까치발을 해서 붙이고는 그 구멍으로 하늘을 보았으려나. 스티커 구멍으로 하늘을 보았다. 몽실몽실한 구름과 하늘. 아이는 이제 몇 살이 되었을까? 아직 여기 살고 있을까? 어디에 있든 그날의 즐거움을 기억하길, 한없이 엉뚱하고 신났던 그때의 너를 기억하길.

안양천 너머 동네들이 훤히 보일 만큼 올라갔다. 풍경들은 완전히 낮아져 어느새 내 키보다 높아진 창문으로 보이는 것은 하늘과 건너편 아파트 상층부뿐이었다. 지루한 벽들에 창이 있다는 건 참 다행이다. 슬슬 숨이 차오르고 다리가 아파져서 그만할까 하다가도 창밖으로 하늘이 나타나면 그냥 또 올라가게 된다.

나는 잠깐 순례자가 되었다. 피레네산맥의 멋진 풍광을 지나는 것도 드넓게 펼쳐진 초록의 평원을 가로지르는 것도 아니며 30일이 넘게 800km의 길을 걸어가는 것도 아니지만, 산티아고의 순례자와 다를 바 없었다. 풀 냄새, 나무 냄새와 더불어 순례자들의 사유가 가득한 흙길은 아니어도 이웃들의 삶 속에 난 길을 따라 하늘을 보며 걸어 올라가는 시간의 무게는 가볍지 않았다. 아이들이 자라고, 때론 흠이 있고, 나와 닮은 모습을 한 이웃을 보며 놓치고 있었던 나를 보았다. 헛웃음이 나기도 하고 미소가 지어지기도 했다. 발걸음과 숨소리에 맞춰 어수선했던 마음이 길을 찾고 있었다. 찡그렸던 미간이 펴졌다. 눈초리가 편안해지는 것 같았다.

27층 마지막 계단을 오르고 시간을 확인하니 7분이 살짝 넘었다. 겨우 노래 두 곡 정도 들을 수 있는 시간 만에 몸도 마음도 가볍게 만들어 준 아파트 계단이 그 어떤 공간보다 특별해지는 시간이었다.

엄마는 새가슴

5월을 향해 가는 어느 따뜻한 봄밤, 건국대역 근처에서 대학 친구들을 만난 아들은 코로나 시국에 막차 시간이 예전 같지 않다는 걸 알면서도 쉽게 일어나지 못했다. 전역한 후 처음 친구들을 만난 날 코로나 바이러스에 감염된 후 격리가 끝나고 한 달이 지난 시점이었다. 세상 무서울 것 없이 웃고 떠들다가 누군가의 외침이 있었으니….

"야, 7호선 막차 온다."

그 길로 아들은 역을 향해 내달렸고 승차에 성공했다. 그 날만큼은 엄마의 잔소리를 듣지 않을 줄 알았지만, 생각지도 못한 변수가 생겼다. 가까스로 승차한 열차가 하필 내방역이

종착지였던 거다. 할 수 없이 택시를 타기로 하고 급히 역에서 나왔으나 한밤의 내방역은 생각과는 딴판이었다. 택시가 줄줄이 서 있기는커녕 한 대도 없었다. 어떻게든 엄마와의 약속을 지키기 위해 아들은 비장한 결심을 했다.

'일단 이수역까지 가면 거긴 택시가 많을 거야. 한 정거장쯤이야.'

아들은 달리기 시작했다. 5분 남짓. 생각보다 뛸 만하다며 이수역을 두리번거리는데 눈에 띄는 것은 택시가 아니라 따릉이. 따릉이?! 한밤에 안양천을 따라 자전거 타는 걸 좋아했던 아들은 따릉이를 보는 순간 번쩍! 아주 멋진 생각이 떠올랐다.

'2시간만 가면 돼, 게다가 2천 원!'

코로나 난리를 겪으며 엄마의 갖은 구박에도 꿋꿋하게 택시로 귀가하곤 했던 아들은 그만 따릉이에 홀리고 말았다. 택시를 타고 집까지 가면 2만 원이 훨씬 넘을 텐데 아주 신박

한 계획이라고 생각했다.

아들은 따릉이 앱을 급하게 깔았다. 원래 별것도 아닌 게 급할 때는 발목을 잡는 게 정석. 앱을 깔고 따릉이에 엉덩이 붙이는 데 체감 시간이 30분은 된 듯했다.

'서울시를 넘어가면 벌금을 내야 하니 일단 금천구청까지 가고 거기서 석수역까지 뛰어간 다음 에브리바이크로 집에 가는 거야.'

그렇게 사당역까지 온 아들은 드디어 정신을 차렸다.

'이걸 타고 안양까지 가겠다고? 제정신이냐?'

따릉이는 그저 따릉이인 것을. 따릉이를 과대평가했다는 걸 아들은 그날 밤 절실하게 깨달았다. 귀가 계획은 다시 택시로 선회했지만 돈이 있어도 탈 수 없는 게 금요일 밤 택시라는 사실도 비로소 깨닫게 된다. 그때 울리는 문자.

중년 마마 납시오!

'오늘도 외박이군(12시 넘으면 외박). 훌륭하네.'
'엄마, 택시가 안 잡혀. 진짜.'

엄마는 바로 전화를 걸어 호통부터 쳤다.

"재벌 집 아들이냐? 툭하면 택시야? 막차 끊기기 전에 다니라고 했잖아. 집에 들어오지 마!"
"엄마, 집에 너무 가고 싶어. 내가 여기까지 어떻게 왔는데!"
"어쩌라고. 몰라. 알아서 해."

엄마는 늦은 감이 있지만, 이제라도 아들을 강하게 키우리라 마음먹으며 전화를 끊었다.

'한번 뜨거운 맛을 봐야 정신 차리지.'

그러나 늘 목소리만 클 뿐인 엄마는 곧바로 심각한 내적 갈등에 빠지고 말았다. 차를 끌고서 주소지의 시 경계를 벗어나 본 적이 거의 없는 엄마는 어떻게든 차를 끌고 아들을 데리러 가야 하나 곤히 잠든 남편을 깨워야 하나 안절부절못

했다. 20여 분간 안방 문을 열었다 닫았다 자동차 키를 쥐었다 놓았다 하던 엄마에게 아들의 문자가 왔다. 응답이 없던 택시 호출이 드디어 연결되어 택시에 탔단다.

집에 들어오자마자 싹싹 비는 아들을 엄마는 어쩔 수 없이 또 용서했다. 지금까지의 경험으로 보아 엄마가 아무리 큰 소리로 도끼눈을 뜨고 겁을 준들 말뿐이란 걸 아들이 모를 리가 없다. 엄마는 생각했다.

'기다림엔 끝이 없군. 아~ 자고 싶을 때 자고 싶다. 부모와 자식 간의 갑을관계를 따지자면 분명 자식이 갑이야, 갑. 언제 기저귀를 떼나, 언제 혼자 밥 먹나, 언제 혼자 목욕하나… 이럴 때가 차라리 좋았어.'

금요일 밤 귀가 전쟁 중에 일어난 사건은 이렇게 마무리되었다.

당신의 마음은 무슨 계절인가요

'강릉 35km' 표지판을 지나간 지 얼마 되지 않았을 때다. 비를 예고했던 일기예보가 무색하게 화창했던 하늘이 순식 간에 구름으로 꽉 찼다. 넘실대는 파도 위에 빗줄기가 극성 스럽게 꽂히는 여름 바다를 보겠구나 싶었다. 슬그머니 선글 라스를 내렸다. 구름뿐만 아니라 안개까지 나서서 반겨 주었 다. 곧 도로 위 하얀 선과 앞차의 비상등 외엔 다 가려졌다. 안개가 신경을 곤두서게 하거나 불편하지는 않았다. 아마도 '쉼'에 대한 기대 때문이었을 것이다.

잔뜩 안개 낀 대관령을 굼뜨게 내려와 만난 바다는 수묵화 같았다. 눈부신 푸른빛이 아니라 먹물을 연하게 풀어놓은 듯 한 색을 품고 바다와 구름이 맞대어 있었다. 먹구름은 수평

선 가까이 내려앉고 파도는 부표를 뿌리치고 내 발치로 빠르게 몰려왔다. 밀도 높은 구름은 무뚝뚝하게 자리를 지키고 그 위로 늘어선 성긴 구름은 바쁘게 걸어갔다. 거센 바람으로 바다는 일정하지 않으나 촘촘한 주름을 짓고, 머리카락은 짠 내 섞인 끈끈한 바람과 같은 편이 되어 휘날렸다. 바다와 마주 선 나는 물안개에 젖어 들었다.

발 정도만 담근 것으로는 성에 차지 않았다. 옷이 젖더라도 조금 더 바닷속으로 들어가 보려 했다. 하지만 높은 파도 속으로 헤엄쳐 들어가는 사람들에게 경고하는 안전요원의 호루라기 소리에 놀라 얼른 마음을 접었다. 대신 젖은 발로 모래를 헤치며 비 오기 전 바다를 따라 걸었다. 말없이 오래 함께 걸어도 불편하지 않은 가족이 옆에 있었다. 무언가를 하려고 애쓰지 않아도 괜찮은 시간이었다. 성수기를 막 지난 바다는 아주 쓸쓸하지도 아주 수선스럽지도 않았다. 내일 날씨도 내일의 바다도 궁금하지 않았다. 지금의 바다로 충분했다.

다음 날 아침, 눈 뜨자마자 창문을 열었다. 두꺼운 유리창에 숨겨졌던 파도 소리가 들려왔다. 태풍이 올라오고 있다고

중년 마마 납시오!

했지만, 듬성듬성 하늘이 보였다. 부지런한 남편은 해돋이를 볼 날씨도 아닌데 일찌감치 산책하러 나갔다. 호텔 발코니에 나가 바다를 내려다보았다. 왼쪽은 경포호가 오른쪽엔 경포해변이 길게 늘어섰다. 텅 비었던 해변에 사람들이 하나둘 모여들었다. 마음의 짐들은 여름 바다에 모두 풀어놓고 후련한 마음으로 돌아가기를.

느긋하게 아침 식사를 하고 로비로 나갔다. 동해를 향해 난 큰 창 앞에서 다시 바다와 마주했다. 바다를 살짝 가리는 것은 저 아래에서부터 자라 올라온 소나무뿐이다. 시원한 인공의 바람 속에서 창 저쪽 후덥지근한 바람에 흔들리는 솔잎과 바다와 하늘을 보았다. 땀 흘리지 않는 소나무와 바람에 아랑곳하지 않는 모래를 움직이는 파도, 구름에 가려졌으나 여전히 그 자리에 있을 해. 강릉의 8월은 이렇게 기억되었다.

지나간 겨울과 가을 그리고 여름. 같은 자리에서 같은 듯 다른 풍경을 만났다. 앉은 자리를 바꾸지 않으면 새로운 풍경을 볼 수 없다고 했지만 같은 풍경도 새로워 보일 때가 있다. 그때마다 마음의 풍경이 다르기 때문이다. 바다도 소나무도 변함이 없는데 헤매는 마음 탓에 풍경은 계절과 상관없이 봄빛이 되기도 가을빛이 되기도 한다. 이때 내 마음의 풍경은 흔들림 없는 그대로의 평화로운 여름빛이다.

　체크아웃 시간이 다가오자 바다는 원래의 푸른빛을 회복했다. 구름이 물러가고 해가 존재감을 드러낸 덕이다. 구름빛 바다만 보고 가나 싶었는데 늘 마음을 설레게 하는 바다의 빛깔을 보게 됐다. 일상으로 돌아가야 할 시간. 달콤한 쇼콜라 무스 타르트를 먹으며 바다와 인사했다.

빗방울 뷰

　찬 기운을 머금고 부슬부슬 비가 내리는 날, 목 언저리가 스카프 없이는 허전해지는 딱 그런 날이면 가고 싶은 곳이 있다. 20분쯤 걸으면 도착하는 안양천 옆 카페. 그 카페 2층에는 안양천을 향해 가로로 기다란 창이 나 있다. 등받이가 없는 높은 의자와 노트북을 사용하긴 좋으나 턱받침을 하고 비멍에 빠지기는 불편한 테이블이 함께 있는 그 창 앞에 앉아 있고 싶다. 이런 날씨엔 2층 전체를 나 혼자 오롯이 누릴 수 있을 뿐 아니라 굵고 가는 전깃줄에 매달린 빗방울들과 눈을 맞출 수 있다.

　따뜻한 아메리카노에 몸도 맘도 녹아들 계절이 다가오고 있지만, 여전히 초록빛인 안양천을 뒷배경으로 만들어 버리고 마는 전깃줄과 조그맣고 투명한 방울방울. 떨어질 듯 떨어지지 않고 옹기종기 모여 앉아 있는 동그란 빗방울들이 정말 귀엽다. 1초, 2초, 3초. 빗방울들은 생각보다 오래 매달려 있다. 눈도 깜박이지 않고 쳐다보다가 자연스레 시선이 아래로 떨어지면 차들이 쉴 새 없이 지나다니는 도로가 눈에 들어온다. TV에서 본 쿠바의 화려한 빈티지 자동차들이 달리고 있었다면 2층에서 내려다보는 재미가 있었을 텐데 거의 무채색인 우리나라 승용차는 재미가 없다. 오히려 트럭이나 특수 자동차들 보는 재미가 있다. 트랜스포머처럼 멋지게 변신할 것만 같은 트럭도 보이고 도대체 무슨 용도인가 싶게 커다랗고 복잡해 보이는 차도 있다.

차들을 보다가 대학교 2학년 때 아르바이트했던 기억이 났다. 가만히 서서 지나가는 자동차 숫자만 세는데도 일당을 많이 주는 요즘 말하는 '개꿀 알바'라는 생각에 얼른 신청했었다. 지금은 기계가 할 만한 일을 사람이 하던 때, 같은 과 선배 언니와 교차로 어느 구석에 앉아 통행 차종을 파악했다. 어떤 게 1톤 트럭인지도 헷갈렸지만 나름 한 대도 소홀히 넘기지 않으려 열심히 눈알을 굴렸다. 밥 먹는 시간만 빼고

중년 마마 납시오!

종일 자동차 배기가스 마시며 지나가는 차를 보는데 나중에는 차를 안 타도 멀미가 날 것 같았다. 그래, 쉬운 일은 하나도 없다. 일당이 세면 다 이유가 있는 거였다.

꽤 오래 매달려 있던 빗방울이 떨어졌다. 납작하게 달려 있다가 조금씩 조금씩 둥그스름해지다가 그리고도 제법 오랜 후에 드디어 아래로 뚜욱. 나란히 있었지만 그대로 남아 있는 빗방울.

아직이야. 즐겁게 낙하의 순간을 기다리렴.

너희들이 미드 맛을 알아?

매달 23일 새벽이면 칼같이 17,000원이 결제된다. 이런 호구가 없다.

넷플릭스에 가입한 지 벌써 4년이 넘었다. 헤어나지 못할 줄 알면서도 무료 체험의 미끼를 물고는 기꺼이 발을 담갔다. 코로나가 결정적인 이유였다. 대학생인 아들딸과 셋이서 둘러앉아 고스톱 치는 것도 하루 이틀이지 끝이 보이지 않던 그 무료한 시간에 넷플릭스는 거부할 수 없는 유혹이었다. 애들은 스마트폰이나 탭으로도 잘 보지만 나는 무조건 TV로 크게 보는 게 좋다. 흠이라면 너무 몰입도가 좋아서 보기 시작하면 하루종일 그 앞을 벗어날 수 없다는 거다. 밥하러 일어나지라도 않으면 거의 TV 폐인이 될 수도 있을 것 같았다.

나는 드라마도 영화도 참 좋아한다. 뻔하지 않은 이야기, 매력적인 배우들, 기막힌 특수효과, 충격적인 반전, 감성을 건드리는 음악과 의상과 배경까지 더해지면 도저히 끊을 수가 없다. 기대만 못 할 때도 좋아하는 배우, 작가, 감독에 대한 의리상 끝까지 보기도 한다. 그들은 모르는 나만의 의리!

여덟 살 때 엄마가 옷가게를 시작하면서 나는 다른 아이들보다 TV를 볼 시간이 많아졌다. 화면 조정 시간 일명 '삐~타임'부터 대기를 하다가 오후 5시쯤 TV 방송이 시작되면 저녁 시간은 거의 TV와 함께 보냈던 것 같다. 푹 빠졌던 드라마들이 한두 개가 아니지만 미드(미국 드라마)에 대한 추억이 많다. 지금은 재밌는 한국 드라마가 너무 많아서 미드를 그다지 찾아보거나 하진 않는다. 하지만 그땐… 80~90년대엔 미드가 진짜 재밌었다.

나의 첫 미드는 〈별들의 전쟁〉이었다. 주인공들의 이름도 뚜렷이 기억난다. 버크와 윌마. 세상에서 제일 예쁜 여자가 윌마 대령이라고 생각했다. 그런데 비슷한 연배의 누구와 이야기를 해도 아는 사람이 없었다. 영화 〈스타워즈〉로 착각하는 사람도 있었다. 분명 TV 드라마였는데 내 기억에 오류가 있나 싶을 정도로 아무도 몰랐다. 그런데 몇 년 전 우연히 인터넷에서 이 미드를 발견하게 되었다. 세상에! 내가 여덟 살 때 방영되었던 미드였다. 추억 속의 배우들을 보는데 반갑고 그립고 이상하게 싱숭생숭했다. 이 미드가 나에게 너무 강렬했던 첫 기억이었을까. 나는 지금껏 이 드라마와 같은 스페이스 오페라(SF 활극) 장르를 참 좋아한다.

초등학교 때부터 고등학교 때까지 열렬히 보았던 미드가 뭐가 있었더라.

〈1999〉, 〈기동순찰대〉, 〈두 얼굴의 사나이〉, 〈미녀 첩보원〉, 〈브이(V)〉, 〈에어울프〉, 〈맥가이버〉, 〈전격 Z작전〉, 〈머나먼 정글〉, 〈A-특공대〉, 〈남과 북〉, 〈베벌리힐스 아이들〉, 〈천재 소년 두기〉, 〈케빈은 열두살〉, 〈레밍턴 스틸〉, 〈제5전선〉, 〈코스비 가족〉, 〈SOS 해상 구조대〉, 〈블루문 특급〉. 빠진 게 없나 생각하다가 헛웃음이 나왔다. 도대체 공부는 언제 한 걸까.

TV를 잘 볼 수 없었던 대학 시절은 내 미드 역사의 암흑기였다. 밤늦게까지 놀기도 했지만 하숙집에서 내 맘대로 TV

를 보기는 어려웠기 때문이다. 그래서 그 유명한 〈프렌즈〉를 못 보았다.

결혼 후, 내 미드 역사에 다시 부흥기가 찾아왔다. 가족들이 모두 잠든 밤 12시 무렵은 은밀한 나만의 시간, 미드 타임이었다. 친구 하나 없는 낯선 도시에서 연년생 남매를 '독박육아' 중이던 나의 몇 안 되는 즐거움 중 하나였다. 변호사들의 일과 사랑 이야기를 다룬 〈앨리 맥빌〉을 보며 하루를 마무리했다. 남편이 출근하고 아이들이 아직 일어나지 않은 아침에는 빨래를 개면서 〈CSI: 과학수사대〉를 봤다. 꽤 오랫동안, 영화와 비교해도 손색이 없는 미드는 지친 일상에 반짝 활력이 되곤 했다.

미드와 멀어졌던 기간은 7~8년 정도였지만 그사이 몇 가지가 확 달라졌다.

첫째, 나는 미성년자가 아닐 뿐 아니라 아줌마가 되었다.

둘째, 미드는 공중파에서 보기 힘들어졌다.

셋째, 미드는 더 이상 더빙이 아니다.

미드가 어느 순간 공중파에서 사라지고 케이블 채널에서 더빙이 아닌 자막으로 방송됐다. 성우 양지운 님과 배한성 님의 목소리를 들을 수 없어 조금 서운하기도 하다. 19금인 미드도 너무 많아졌지만 볼 수 있는 나이가 넘은 지 한참 됐다. 재미있게 미드를 즐길 방법이 다양해졌지만 난 왠지 예전의 미드를 보던 그때가 가끔 그립다.

초중고 시절 미드는 '본방사수'가 아니면 도무지 볼 수가 없었다. 토요일 학교가 끝나기 무섭게 달려 들어와 가방 던지고 TV를 켜거나 잠든 부모님이 깨실까 봐 소리를 죽이고 화면만 보기도 했다. 지금의 디지털 TV로는 상상도 할 수 없는 화질이었지만 그런 건 전혀 문제 되지 않았다. 내가 눈이 나쁜 건 그때 너무 열심히 TV를 본 탓일지도 모르겠다.

요즘은 OTT 서비스로 보고 싶은 드라마를 아무 때나 아무 데서나 볼 수 있어서 미드에 대한 열정이 시들해졌다. 다음 회를 기다리는 맛도 없이 몰아서 한꺼번에 시리즈를 끝장내는 것도 별로다. 드라마를 간추린 영상들도 많아졌고 홍보라는 명목으로 너무 많은 정보가 넘쳐 나니 미드를 볼 때의 체

감온도가 예전보다 많이 낮아졌다. 어느 쪽이 더 좋다고 할
순 없다. 미드가 고춧가루 맛 달달한 맛은 강해졌지만, 마니
아적인 맛이 덜해진 건 확실하다. 설레며 TV 앞에 앉던 그때
의 즐거움을 요즘 애들은 알 리가 없다.

  너희들이 미드 맛을 알아?

봄밤 같은 겨울밤 무얼 하면 좋을까요?

봄밤 같은 겨울밤 무얼 하면 좋을까요?

밤 산책을 가야지요. 혼자도 좋지만 둘이서 가면 더 좋아
요. 저는 사실 밤에 산책하러 간 적이 별로 없어요. 저녁을
먹은 후에 소파에 누워 TV 보는 시간을 너무 좋아하거든요.
'배부를 땐 걷지 않는다'가 저의 대표적인 개똥철학이에요.

아이들은 친구 만나러 가고 남편과 저는 간단히 저녁을 먹
기로 했어요. 맛있는데 배는 안 부른 메뉴를 찾다가 들깨 수
제비로 합의를 봤어요. 절대 배부르게는 안 먹겠다고 결심을
했는데 자꾸 반죽을 찔끔찔끔 추가하게 되더군요. 몸에 좋은
거라며 들깻가루를 큼직하게 세 숟가락을 떠 넣었어요. 몸에

좋은 거 남기면 안 되니까 둘이서 최후의 국물 한 방울까지 뱃속에 저장했지요.

소파에 누워 힐링의 시간만이 남아 있는 그때, 살짝 마음 한구석이 불편했어요. '거미형 체형'. 체중은 그대로인데 체형이 달라지는 몹쓸 마법에 걸린, 그런데도 정신 못 차리고 예전처럼 막 먹고 막 눕는 제 모습이 떠올랐거든요. 그런데 저와는 반대로 배부르면 서 있기라도 하는 남편이 산책하러 가자고 하더군요. 제 속마음을 읽은 것처럼요.

"지금 TV 재밌는 거 하나도 없던데 같이 나갈래?"

혼자였으면 '아, 운동해야 하는데.' 생각만 하며 소파에서 이리 누웠다가 저리 누웠다가 했을 텐데 남편 말에 얼른 따라나섰어요.

바람 많이 부는 겨울에 안양천을 걸으면 정말 춥거든요. 그런데 그날 밤은 정말 봄 같았어요. 봉오리를 내밀기 전에 꽃나무들이 모두 숨을 죽이고 있는 것처럼 고요하고 포근한 봄밤이었어요. 미세먼지가 많다고 했지만, 코로나가 설치기 전엔 미세먼지 심하다고 언제 마스크 썼나요? 하루쯤 어떨까 싶어서 마스크까지 벗고 걸었지요. 기분이 좋아서 그런지 걸음이 점점 빨라졌어요.

'대교'라는 이름이 멋쩍게 다소 아담한 안양대교가 오색으로 예쁘게 빛나고 있었어요. 낮에는 바둑이나 장기 두시는 어르신들이 계시던 다리 아래에 밤이면 예쁜 고래와 물고기들이 나타난다는 것도 처음 알았어요. 따뜻한 봄밤 산책을 나선 건 우리뿐만이 아니었어요. 왜가리도 나왔고 오리 커플도 나왔더군요. 오리네 동네는 그늘이라 그런지 며칠 따뜻했는데도 얼음이 다 녹지 않았더라고요. 근데 갑자기 궁금해서 남편에게 물었지요.

"있잖아, 저번 여름에 비 엄청 많이 와서 안양천 물에 다 잠겼을 때 오리랑 왜가리랑 걔들은 어디 있었을까?"
"집에 있었겠지."
"아니, 그때 도로 바로 근처까지 물이 찼는데 둥지도 다 없어졌지. 어디 있었을까?"

"몰라요. 나는 우리 애들도 어디서 뭘 하는지 잘 모르는데 오리 집까지 어떻게 챙기니?"

남편은 안 그렇겠지만 저는 궁금한 게 많은 아줌마라 오리네 속사정도 아주 궁금합니다. 이런저런 얘기도 하고 사진도 찍으며 걷다 보니 땀이 나서 패딩을 벗었다 입었다 했어요. 앗! 그런데 제가 입고 있었던 옷이 오리털 패딩이었네요. 오리털 패딩 입고 장마철 오리 걱정이라니요.

'오리야, 미안. 따뜻하게 오래 잘 입을게.'

봄밤 같은 겨울밤엔 산책 어떠세요? 이런 날 밤 산책은 따뜻한 공기에 마음이 들뜨고 보는 것마다 다 예쁘게 보여요. 좁혀졌던 미간도 어느새 펴질걸요? 걷고 나면 몸도 마음도 아주 가뿐해지실 거예요. 물론 따뜻해서 걷기 좋다고 너무 멀리 가시면 저처럼 돌아올 땐 버스를 타야 할 수 있지만요.

꼭 다녀오세요.

사소해서 특별한 하루를 마치며

사소한 것들이 나를 웃게 하고 감동하게 합니다.

보통의 삶이 나를 견고하게 합니다.

지극히 평범했던 하루를 보낼 수 있어서 감사합니다.

중년 마마 납시오!

가볍지만
유쾌한 하루

시흥 연꽃테마파크. 내 키만 한 연꽃, 빗물이 동그랗게 고인 연잎,

늪지를 걷고 나는 새들, 두꺼비가 다니는 길, 흙투성이가 된 신발까지

모든 것이 좋았던 7월의 아침.

지금은 반백수 시대

○○층에 사는 아주머니와 또 엘리베이터에 같이 탔다.

"안녕하세요."

"어디 가?"

"아, 네."

"요즘 운동은 안 가?"

"(갑자기 웬 운동? 딴 사람이랑 착각했나?) 네."

"그럼 먹고 놀아?"

"(또 시작이네. 겨울엔 일이 없거든요. 그래서 놀고 있지만) 일하긴 하죠."

"으응."

참 한결같다. 친하지도 않은데 나만 보면 맨날 일하냐 노냐 묻는다. 그것도 몇 년째. 우리 집은 27층이고, 느려 터진 엘리베이터 때문에 만났다 하면 열받는 대화를 피할 길이 없다. 누가 있든 없든 나한테만 묻는다. 예전에 누가 나더러 살림 못할 것처럼 생겼다고 하더니 내 얼굴이 날라리 주부의 관상인 건가? 아니면 그냥 찍힌 건가? 씻지도 않고 모자를 눌러 쓰고 나갈 때나 차려입고 나갈 때나 똑같이 묻는데 설마 다른 사람인 줄 알고 물어보는 건 아니겠지.

"난 아직도 일해. 놀면 뭐 해? 일하는 게 좋지."

용돈이라도 버는 지금은 대충 맞장구라도 치지만 예전엔 그저 웃을 수밖에 없었다. 우리 엄마도 시어머니도 아무 말 안 하는데 왜 남의 집 딸이며 며느리인 나에게 전업주부인 것을 혼내듯 말하는 것인지, 왜 나는 또 주눅이 들었던 것인지. 아, 분하다.

○○층 아주머니, 제가 그때는 아무 말도 못 했는데요. 제가 자칭 고급인력인데 자발적으로 백수의 길을 택했거든요.

백수가 과로사한다는 말은 이제 낯설지도 않잖아요? 오라는 데 없어도 갈 데 많고, 또 할 일은 얼마나 많은지 백수의 삶을 좀 즐겨 본 주부들은 다 알거든요. 육아와 가사노동에다 봉사 활동, 자기 계발, 정보 교류, 재테크까지 사회 및 가정에 대한 기여도를 따지면 집에서 놀고먹는다고 쉽게 말할 수는 없단 말씀이지요.

통장을 채우기는커녕 텅텅 소리 나게 할 일만 골라 한다고 생각하지도 마세요. 다 이 나라 경제 발전을 위한 실물경제의 순환 차원에서 쓸 만큼만 쓰는 것이니 이제 그 삐딱한 눈초리 좀 거두시고 편안하게 인사 나눠 주세요. 그리고 저 지금은 백수는 아니고요, 반백수예요. 이제 그만 물어보세요.

다음 생엔 나무늘보

"나무늘보."

"나무늘보?"

"왜?"

동물로 태어난다면 어떤 동물로 태어나고 싶냐는 물음에 나는 나무늘보를 떠올렸다. 현존하는 포유류 중에 가장 느려서 천적이 접근했다가도 살아 있는 줄 모르고 지나간다는, 가만히 있는 게 세상에서 제일 쉬운 동물. 그런 나무늘보로 살아가고 싶은 걸까?

늦잠을 자고 늦은 아침을 먹고 노트북을 켜고 앉았다. 비가 오기 시작했다. 커피를 홀짝거리며 잠시 비명에 빠졌다.

모처럼 한가로운 오전이다. 방충망이 있는 창 쪽으로는 산이 보이지 않을 만큼 빗방울이 방충망에 빈틈없이 들어찼다.

메모해 두었던 글들을 연결할 사이의 단어들과 문장들이 퍼뜩 떠오르지 않았다. 괜히 일어났다 앉았다 하며 앞뒤 베란다를 오갔다.

오늘, 오늘, 오늘. 오늘 할 일에 집중하다 보면 하루가 금방 지나간다. 오늘도 즐거웠고, 뭔가를 열심히 하긴 했는데 왠지 헛헛하다. 진짜 중요한 걸 빼먹은 건 아닐까.

"뭣이 중헌디?"

지금 나에게 가장 중요한 일은 뭘까. 일정표에 기록할 필요도 없이 늘 해야 하는 일들. 하지만 일정표에 기록된 일들을 먼저 하느라 뒷전으로 밀리다가 결국 못 하고 또 못 하게 되는 일들. 급한 일과 중요한 일 중에 우선순위를 둔다면 중요한 일에 두어야 한다는데 나는 실속 없이 허둥대고 있다는 생각이 자꾸 든다. 미루어지는 일들에 대한 조급함이 소용돌

이치고 있기 때문인지도 모르겠다.

그래서 나무늘보가 생각났나 보다. 나무늘보는 땅 위에서 세상 느려 터졌어도 헤엄은 빨리 칠 수 있다니 물과 상극인 나보다 기특한 점이 있다. 하루에 20시간 가까이 자면서 일주일에 한 번 배변 때를 빼곤 나무에서 내려오지 않는다. 그렇게 거의 움직이지 않으니 많이 먹지 않아서 삼시세끼 걱정할 것도 없다. 시력과 청력이 좋지 않아서 답답할 때도 있겠지만, 안 보고 안 들어도 될 것들을 안 보고 안 들을 수 있으니 정신 건강에 좋겠다. 웃지 않아도 웃는 듯한 얼굴과 일관되게 느긋한 움직임에서는 묘하게 인생을 달관한 고수의 여유로움이 느껴진다.

나무늘보의 삶이 부러운 건 아니다. 전혀 급하지 않고 욕심부릴 필요 없이 내면과 외면이 조화롭게 느림을 즐기고 있는, 그 평화로운 시간을 누려 보고 싶을 뿐이다. 쫓고 쫓기는 동물의 세계에서 살짝 물러나 관조하는 듯한 나무늘보로 태어나는 것, 나쁘지 않다.

병풍이 될 순 없어

2020년의 우울함은 머리를 쓰거나 심각하거나 슬픈 이야기를 멀리하게 했다. 그래서 편안하거나 기막히게 노래를 부르거나, 헛웃음이라도 터뜨리게 되는 영화나 TV 예능 프로그램을 즐겨 보았다.

어느 TV 프로그램이었는지 생각은 나지 않지만, 유명한 골프선수가 나와서 은퇴 경기에 관해 이야기했다. IMF 사태를 겪으며 어려웠던 시절, 낯선 외국 땅에서 우승하는 그 선수를 보며 많이들 즐거워하고 위로받았던 때가 있었다. 은퇴 경기가 열렸던 날이 자료화면으로 나오고 선수가 마지막으로 단상에서 꽃다발을 안고 손을 흔들었다.

감회에 젖어 그녀를 따라 울컥하던 순간, 앗! 선수 뒤에 유니폼을 입고 쭉 늘어서 있던 아이들 중 한 명에게 시선을 뺏기고 말았다. 그 시선 강탈자는 모자를 벗어 흔들며 다른 한 손으로는 열심히 코를 후비고 있었다. 카메라가 아이들을 쭉 훑으며 지나가는데 짧은 순간 그 아이가 딱 클로즈업된 것이다.

"푸하하하. 쟤 봐, 쟤 봐!"

아이는 몇 번이나 예행연습하고 주의를 들었을 것이다. 그리고 온종일 대기하다가 드디어 선수의 뒤편에 섰을 테다. 하필 그때, 참지 못할 가려움이 습격할 줄이야. 어쩌면 아이는 참을 만큼 참은 뒤였을지도 모른다. 사람들이 은퇴하는 선수에게 집중하느라 자기를 보지 못할 수 있다고 생각했을 수 있다. 자기를 곤란하게 만드는 콧구멍에 대한 배신감을 느끼면서 후딱 긁는다는 것이 너무 시원한 나머지 손을 뺄 수 없었던 게 아닐까.

아니다. 그건 어른의 생각이다. 코를 후비는 건 비공식적일 때만, 혼자 있을 때만 마음껏 하는 거라고 누가 그랬나.

중년 마마 납시오!

아이는 당당했다. 고민의 기색도 보이지 않고 보는 내가 다시원하게 '동작 중'이었다. 본능적인 움직임.

꼬마야, 혹시 네가 중요한 행사에 참여한다고 들떴을 너의 부모님이 그 모습을 보고 나무라는 소리를 했으려나. 사실 네가 잘못한 것은 하나도 없단다. 코를 판 게 뭐 대수라고. 굳이 잘못한 사람이라면 선수 대신 너무나 귀여운 너에게 한눈파느라 감동적인 은퇴식 영상을 놓친 내가 잘못이지.

꼬마야, 너는 병풍이 아니었단다. 적어도 나에게는 말이지. 바이러스에 일상을 잠식당한 채 넋 놓고 TV를 보던 나를 짧게나마 목젖 떨리도록 웃게 해 주었어. 설령 감동적인 은퇴식 연출을 위한 들러리였다 해도 너는 그 선수보다도 더 큰 감동이었어. 오늘의 신 스틸러(scene stealer)는 당연히 너란다.

아, 나도 병풍은 되지 않으리. 그 꼬마처럼 적어도 존재감있는 병풍이 되리. 병풍 앞에 선 그날의 주인공을 이겨 먹는 병풍이 되리.

이젠 잊기로 해요

그녀가 나를 떠났다. 아주 오랫동안 '겉바속촉'의 세계로 나를 인도했던 그녀가 떠나 버렸다. 내가 내밀은 빵을 조용히 거절하고는 말이다.

그동안 그녀는 잔병치레 한번 안 했더랬다. 그녀는 게으른 주인이 제때 치우지 않은 전투의 흔적들을 늘 몸 안에 품고 있었다. 한동안 멀티 플레이어인 오븐에 밀려 눈칫밥을 먹은 적도 있었을 거다. 본연의 임무를 절대 잊지 않았던 그녀의 성실함과 평범한 외모를 타박하던 심술궂은 주인 탓에 마음고생을 했을지도 모른다. 그럼에도 그녀는 한결같이 내 곁을 지켰다.

나는 미련 없이 그녀를 떠나보내기로 했다. 마음을 먹자마자 나도 모르게 그녀 앞에서 또 다른 그녀를 찾느라 쉴 새 없이 휴대폰 화면을 두드려 댔다. 인정머리 없이. 그녀와 헤어지는 섭섭한 마음보다 새 식구를 맞을 기대가 더 컸다.

며칠 후, 파스텔 핑크의 상큼한 그녀가 왔다. 예전의 그녀는 진열장 제일 아랫칸에 대충 밀어 넣곤 했었는데 이번엔 싱크대 위 명당자리에 데려다 놓았다. 새로운 그녀에겐 해동 기능과 보온 기능도 있다. 너무나 쉽게 덮개가 자리를 이탈해 놀라게 하는 것만 빼면 완벽하다. 냉동실에 쟁여 둔 식빵 두 개를 바삭하게 구웠다. 블루베리 잼을 듬뿍 발라 에티오피아 원두를 내려 함께 먹는 아침은 너무 행복하다. 아, 나는 너무 빨리 새로운 그녀에게 마음을 뺏겨 버렸다.

안방의 열린 문틈으로 그가 보였다. 그녀와 P사 동기로 함께 나에게로 와서 이제는 혼자가 되었다. 최고참인 그는 아직 나를 떠날 계획이 없는 것 같다. 스테인레스로 된 세모난 얼굴에 제법 잡티가 생겼지만 여전히 뜨겁고 씩씩하다. 그가 떠나는 날은 아마 매주 그와 만남을 가지며 정이 들었을 남편이 나보다 섭섭할 듯하다. 뜨겁고 반듯하기 그지없는 성정으로 남편의 셔츠들을 단속해 왔으니 말이다.

집안을 쓱 둘러보니 여기저기서 일꾼들이 앓는 소리를 한다. 10년이 넘도록 쌩쌩하게 찬바람을 뿜어내고 얼음덩어리를 뱉어 내고 빨래하는 이들이지만 언제 갑자기 그녀처럼 떠날지 모른다. 이들의 전 소속사에게 연락해 보았자 그냥 보내 주라고 할 가능성이 크다. 갈 때 가더라도 모두 함께 떠나는 건 아니지. 조금 더 힘을 내어 주길 바라본다. 아무리 붙잡아도 어쩔 수 없을 때가 올 테니 말이다.

오랫동안 함께했던 그녀를 분리수거 장소에 두고 왔다. 그리고 그다음 날, 나는 한 가지 사실을 발견했다. 그녀가 연결되어 있던 멀티탭이 접촉 불량이었다. 이런. 나는 너무 성급히 그녀를 떠나보낸 것일까.

커피 유출 사건

"안녕하세요."

"어서 오세요."

"…."

볼 것도 없이 아메리카노인데 메뉴판을 올려다봤다. 여름이 막 시작됐지만, 아침저녁은 시원한 그런 날이면 '아아냐 뜨아냐'를 '짜장면이냐 짬뽕이냐'처럼 고민하게 된다.

"아메리카노 아이스 하나, 뜨거운 거 하나요."

도서관에서 아침 일찍 티타임을 가지기로 한 지인의 커피까지 두 잔을 캐리어에 담았다. 캐리어를 조수석 의자에 올려놓을까 하다가 이미 짐이 한가득 차지했고, 평평한 게 나을 듯싶어 의자 아래 발치에 두었다.

아침이면 잠긴 목을 푸느라 운전하며 노래 부를 때가 있는데 마침 라디오에서 한동안 즐겨 듣던 마일리 사이러스의 〈Flowers〉가 흘러나왔다.

"I can love me better. I can love me better baby."

금빛 드레스를 입고 전 남편 보란 듯이 멋지게 춤을 추던 뮤직비디오 속의 그녀를 떠올리며 아침부터 과하게 흥이 나기 시작했다. 어깨가 들썩이려는 걸 꽉 붙들며 좌회전 신호 대기를 위해 브레이크를 밟았는데, 아악! 아이스 아메리카노와 뜨거운 아메리카노가 짠 것처럼 캐리어째 바닥을 향하여 철퍼덕 배치기를 했다.

'저렇게 홀랑 넘어간다고?'

얼른 손을 뻗어 세우려고 했는데 이놈의 안전띠. 가제트

형사의 만능 팔이 생각났다. 그때만 해도 거의 멀쩡하게 수습할 수 있을 거라는 여유가 있었다. 안전띠를 풀고 손을 뻗으려는데 앞차가 벌써 좌회전을 하며 사라져 가고 있었다. 룸미러로 흘깃 보니 뒤로 차가 줄줄이 붙었다.

"아, 진짜!"

뒤차의 경적이 들리기 전에 다시 안전띠를 하고 서둘러 좌회전을 하는데 아이스 아메리카노가 캐리어를 반쯤 탈출해서는 부채꼴 모양으로 커피를 뿜어냈다.

'참 도리도리 잘~ 한다.'

시속 30km 단속 카메라 때문에 앞차들은 설설 기어가고 뒤차들은 계속 따라오고 갓길엔 주차한 차들이 가득했다. 삼성동 카페에서 입도 안 댄 망고 빙수를 엎고 T카페에서 아이스 아메리카노를 엎은 건 아무것도 아니었다. 테이크아웃 컵 뚜껑의 동그란 구멍으로 얄밉게 왈칵왈칵 나오는 커피를….

'그저~ 바라만 보고 있지~ 그저~ 속만 태우고 있지~'

커피가 관성의 법칙을 온몸으로 실현하는 꼴을 보고야 말았다. 번거로워도 가방을 다 내리고 커피를 의자에 올려놨어야 했다. 그럼 더 큰 난리가 났으려나. 도서관은 9시에 시작하는데 도서관 매점은 왜 9시 30분에 시작해서 커피를 외부에서 사 가게 하냐고 탓을 할 수도 없고.

언덕배기에 있는 도서관을 향한 오르막길, 그 전에 마지막 수습의 기회를 놓칠 수 없어 필사적으로 일렬 주차를 시도했다. 거의 반은 쏟은 줄 알았는데 뜨거운 아메리카노는 거의 피해가 없었고 아이스 아메리카노도 생각보다는 많이 남아 있었다. 그에 비해 자동차 깔판은 제대로 모닝커피 맛을 본 모양을 하고 있었다. 트렁크에 넣어 둔 수건으로 꾹꾹 눌러 닦았다. 이렇게만 해도 되는 건가.

그날 밤, 부탁하지 않아도 알아서 마누라 차의 내부 청소를 해 주는 남편에게 커피 유출 사건을 얘기했다. 뒷수습할 남편에게 미안한 마음을 가득 담아서 말이다. 그런데 말하기 무섭게 얼른 시선을 TV에 고정하고는 알아서 하란다.

'알아서 하라고? 네, 알아서 할게요.'

"더는 뭘 안 해도 될 것 같아. 자국이야 남겠지만 커피 방향제보다 훨씬 좋은 냄새가 나거든. 좀 찜찜하기야 하지만, 라떼가 아니어서 정말 다행이지, 뭐."

흥! 조만간 조수석에 꼭 남편을 태우고 말 테다.

어림없는 소리

우다다다다다다다 자판을 잡아먹을 듯 때려서 어쩌고저쩌고 다섯 줄 정도를 거침없이 써 내려갔다. 세 번 정도 읽어 보다가 절레절레 실망의 백스페이스(backspace). 다 다 다 다 다 다 다 에잇! 다다다다다다다다. 제목만 남았다.

손은 든 것도 없이 무거운 머리를 받치는 데에나 쓰는 건가. 두 손은 얌전히 머리를 받치고 허연 화면만 쳐다보았다. 거짓말하는 사람의 눈엔 보이지 않는 마법의 잉크로 빽빽하게 글이 쓰여 있는데, 어제저녁 속에도 없는 감사의 인사를 날린 탓에 일시적으로 내 눈에 보이지 않는 거라면 얼마나 좋을까? 소리 없는 깊은 한숨. 그때!

저 구석에서 쉬지 않고 폭풍 타이핑을 하는 저 처자는 대체 어느 동네 무얼 하는 처자인고? 저 소리, 저 소리! 아주 오고무를 추어 대는구나. 마음속엔 500페이지 소설이 들어앉았는데 도무지 글발이 받쳐 주질 않으니. 글은 포토샵도 되지 않고 화장발 조명발도 먹히지 않는데. 아, 내 글의 민낯은 서클렌즈 뺀 눈동자요, 아이라인 없는 눈꺼풀이요, 그리다 만 눈썹이로구나.

여보시오. 그대 가슴 속에 들어 있는 북 하나만 빌려주면 안 되겠소? 아니 되면 냉큼 일어서서 사라지시오. 그대는 내 마음을 아주 쑥대밭으로 만들어 놓는구려. 쑥대머리~~~

세 줄 써 놓고 열 번 읽고 비싼 카페인만 쭉 쭉쭉 쭉쭉 들어간다. 새벽에 비몽사몽 떠올랐던 상큼 발랄 글귀들은 그냥 잠꼬대 같은 것이었나 보다. 오늘은 글렀다. 일단 철수. 어느 배우가 슬럼프는 감사하는 마음이 사라질 때 오는 것이라고 하던데 그런 슬럼프라면 얼마나 좋을까.

저녁에 고기를 구워 먹다가 선물로 들어온 와인이 생각났다. 선물도 유행이 있는지 한동안 와인 선물이 계속 들어왔다. 와인을 잘 알지도 못하고 잘 마시지도 못하니 여기저기 나눠 주고 남는 레드 와인은 설탕 넣고 뱅쇼로 만들어 먹었다. 와인 상자들을 열어 보니 화이트 와인만 세 병 남았다.

"한번 맛이나 볼까?"

크리스털 잔에 와인을 따랐다. 꿀렁꿀렁 꾸울렁. 오호!

생각보다 맛있었다. 시원했으면 더 좋았겠다며 한 모금 두 모금. 그러다가 와인병 라벨에 꽂혀서 바코드 숫자보다도 작은 글자들을 하나하나 읽어 보았다. 그때….

'왔어, 왔어. 노트북, 노트북~!'

다다다다다다. 소설이 쓰고 싶었다. 피 한 방울 내비치지 않아도 심장이 쫄깃해지고 닭살이 오돌두돌 솟는 스릴러. 중학교 때 나는 스릴러 소설에 폭 빠져 살았다. 그때부터 지금까지 스릴러 소설에 대한 사랑은 권태기도 없다. 이불 뒤집어쓰고 땀 뻘뻘 흘리며 보던 이야기들은 언감생심 흉내도 못 내고, 정교한 짜임새와 매력적인 서사도 보장할 수 없지만 어쨌든 쓰고 싶었다. 음침하고 스산한 기운 가득한 글을 써 내려갔다. 음하하하. 눈동자엔 열기가 가득하고 허리는 찌릿찌릿 발바닥은 간질간질. 한 잔의 알코올이 머리부터 발끝까지 아주 방정맞은 춤을 추어 대고 있었다.

다음 날 기대에 가득 차 노트북을 열었다. 더블 클릭 짜잔! 이런 경솔한 글쓰기하고는. 와인 한 잔으로 글이 술술 써지더라니. 어림없는 소리, 하하하핫! 차마 버릴 수는 없는 글을 언젠가 다시 소생시킬지도 모르니 일단은 넣어 두기로 했다. '세상에서 글 쓰는 게 제일 쉬웠어요.'라고 말할 때가 오긴 할까?

뭐, 그런 때가 오지 않아도 할 수 없고 오지 않아도 괜찮다. 제발 글 써 달라고 등 떠미는 사람도 없고 게으르기까지 하지만 언젠 뭐 뾰족한 수가 있어서 글을 썼나.

그냥 오늘도 긁적긁적.

아이라인은 나의 힘

"얘는 아이라인을 그리면 밥 사 달라고 하고 싶고, 아이라인을 안 그리면 밥 사 주고 싶게 생겼어."

짧은 침묵 후 모두 큰 소리로 웃었다. 어느 정도 동의의 웃음이었던 것 같다.

나의 아이라인의 역사는 대학교 2학년 때부터 시작되었다. '오늘부터 1일' 이런 것도 없이 만나기 시작했던 학교 선배(지금의 남편)의 집에 우연히 가게 된 날이었다. 선배의 어머니(지금의 시어머니)와 무슨 얘긴가를 주고받다가 이런 얘기를 하셨던 것 같다.

"아이라인을 그려 보지 그러니?"

선배의 어머니는 포스 가득한 얼굴에 멋진 눈썹과 아이라인, 그리고 매니큐어 곱게 바른 예쁜 손을 가지고 계셨다. 한창 메이크업에 관심이 많던 나는 바로 아이라이너를 사서 열심히 그리기 시작했다. 다음에 뵐 날이 있으면 멋지게 아이라인을 그리고 가리라 생각하면서.

초면에 아이라인 같은 이야기를 하나 싶을 수도 있지만, 당시 일반주택이었던 선배의 집에 갑자기 출몰한 벌레를 휴지 둘둘 말아 때려잡았던 터라 나는 이미 내숭이나 체면치레는 초월한, 아들의 여자친구였다. 아, 자취방에서 바퀴벌레와 1:1로 대치해 본 사람은 진정 벌레에 본능적으로 대처할 수밖에 없다.

내 눈은 초소형 도화지다. 눈을 위한 메이크업 제품들이 제각각 할 일을 찾기 참 좋다. 눈썹과 눈 사이가 넓은 편인데 눈이 작진 않고 약간 돌출형이면서 쌍꺼풀인 듯 아닌 듯 몇 겹이 주름진 눈은 오래전부터 나의 실험 정신을 부추겼다.

고등학교 때 한밤중 공부가 지루해질 때면 쌍꺼풀 테이프로 눈꺼풀을 괴롭혔고, 대학에 들어가면서부터는 본격적으로 아이 메이크업 탐구에 들어갔다. 캘리그라피를 할 때나 초상화를 그릴 때 초보치고는 괜찮다는 얘기를 듣는 건 어쩌면 열심히 아이라인을 그려 온 덕분인지도 모른다. 1mm의 예민한 차이를 알고 있으니까.

가끔 반영구 화장으로 눈썹과 아이라인을 한 친구들 거기다 속눈썹 연장까지 한 친구를 보면 너무 부럽다. 아침에 세수만 하고… 아니, 눈곱만 떼도 할 거 다 한 얼굴이니 엘리베이터든 차 안이든 잽싸게 립밤만 발라도 신경 쓴 얼굴이 된다. 나는 켈로이드 피부여서 얼굴에 뭘 해 보기는 무섭고, 어쩔 수 없이 공을 들여 그려야 한다.

바쁜 날은 아이라인이 두껍게 그려지다 못해 크레용으로 그어 놓은 듯 뭉툭하게 그려지기도 한다. 면봉으로도 수습이 안 되어 그냥 외출하게 된 날, 나를 본 남편이 말했다.

"네가 클레오파트라냐?"

나도 안다. 그래도 할 수 없다. 아이라인이 없는 것보단 나으니까. 귀찮을 때도 있지만 나는 아이라인 그릴 때 기분이 좋다. 무엇보다도 아이라인을 그리면 자신감이 두 등급쯤 올라간다.

날렵하게 꼬리를 뺀 아이라인이 꼭 필요한 날이 있다. 너무 쉽게 많이 잘 웃어서 탈인 얼굴을 절대 만만하게는 안 보이도록 해야 할 때, 두껍고도 날카로운 아이라인은 꽤 효과적이라고 나는 믿는다. 긴장하면 떨리는 손과 다리를 진정시켜 줄 무기로 겨우 아이라인을 선택할 수밖에 없는 안쓰러움이라니! 아이라인을 무기로 써야 하는 날이 그렇게 많지 않은 게 다행이지.

"어, 오늘은 분위기가 완전 다르네."
"어머, 진짜 다른 사람 같다."

민낯으로 독서 모임에 갔더니 회원들이 인사를 하다가 웃는다. 내 속마음을 탈탈 털어 내보여도 빌미가 되지 않을 사람들이 되었다는 뜻이다. 뭘 내세울 필요도 부끄러워할 필요도 없는 사람들 앞에선 멋지게 그린 아이라인이 있든 없든 상관없다.

아이라인을 그린다. 오늘은 밥 사 달라고 하고 싶은 사람이 되어 나갈 예정이다.

오늘은 말랑말랑 bold체

"나 지금 명조체야!"

즐겨 봤던 드라마에서 시한부 선고를 받은 주인공이 친구들에게 이렇게 말했다. 진지하단 말을 이렇게도 할 수 있구나. 진지함으로 따지자면야 궁서체를 따라갈 수 없겠지만 '명조체'라… 웃자고 하는 소리는 분명 아닌 거다.

그림책 수업을 위해 파워포인트를 만들 때면 여러 글씨체를 살펴본다. 몽글몽글 구름 안에 넣을 글씨와 네모 상자 안에 넣을 글씨는 다르게 하고 싶다. 표 안에 글씨까지 반듯하면 딱딱하게 느껴져서 그런 느낌의 글씨체는 되도록 쓰지 않는다. 계절의 분위기를 담아낼 글씨, 마음의 색깔을 나타낼 글씨가 있는지도 찾아본다. 수강생은 신경도 안 쓸 글씨체를 고르느라 수십 번 클릭하고 쓰고 지우기를 반복한다. 그렇게 골라 자료를 완성했지만 도서관 컴퓨터와 호환되지 않아 아무 소용이 없었던 적도 있다.

제일 많이 쓰는 글씨체는 '말랑말랑 bold체'다. 딸아이 두 볼의 촉감이 떠오르고 포도 알맹이 젤리와 쫀득 말랑한 감말랭이가 먹고 싶다.

말랑말랑. 느낌이 참 좋은 말이다. 말랑말랑한 마음, 말랑말랑한 말투, 말랑말랑한 표정. 세상에 싸울 일이 죄다 없어질 것 같다.

글씨체를 보고 있으면 그날의 기분을 희한하게 잘 나타내준다.

마음에 구멍이 숭숭 난 날엔 군데군데 이가 빠진 것 같은 글씨체.
아주 작아져서 사라져 버리고 싶은 날엔 그만큼 작아져서

읽기도 어려운 글씨체.

머릿속이 텅 빈 것처럼 아무 생각 없는 날엔 테두리만 있는 글씨체.

제대로 정색한 날엔 가로세로 다 엄숙함이 꽉 찬 글씨체.

노트북 앞에서 종일 비몽사몽 앉아 있었던 날엔 기우뚱 서 있는 글씨체.

여름의 볕을 듬뿍 받으며 즐겁게 흔들리는 강아지풀 같은 날은 말랑말랑 bold체.

좋다. 누가 이렇게 매력적인 글씨체를 만들어 내고 또 이름 붙였을까?

오늘의 나는 강아지풀, 말랑말랑 bold체다.

가볍지만 유쾌한 하루를 마치며

생각은 무겁지만 가볍게 웃을 수 있고,

내공은 깊지만 담백하게 말하면서도

따뜻한 유머가 자연스러운…

나의 하루가 그렇길 소망한다.

중년 마마 납시오!

일상 넷

함께여서
다행인 하루

서울랜드.

흐린 하늘을 한참 볼 수 있었던 건 알록달록 우산들보다도

그 틈으로 보이는 귀엽고 조그만 빨간 신발 때문이었어요.

흔들리며 하늘을 날아가는 빨간 신발은 슈퍼맨의 신발 같았거든요.

어머니, 달리세요

초등학교 때 키를 일관성 있게 유지 중인 나는 이래 봬도 초등학교(사실은 국민학교)까지 운동회의 꽃 릴레이 주자였고, 중학교 때 체력장을 하면 1급도 아닌 '특'을 받았던 몸이다. 몸 쓰는 일은 뭐든 자신 있던 나였는데, 아… 망신 또 그런 망신이 없었던 그날.

아들의 유치원 운동회 날이었다. 아들보다 내가 더 들떠서 참석한 운동회의 첫 순서는 '엄마 달리기'였다. 처음부터 분위기를 화끈 달아오르게 하는 빅매치였다. 선생님들이 팔을 잡아끌기도 전에 일어나서 줄을 섰다. 다섯 명씩 출발선에 서서 결승선을 바라보는데 '저건 뭐지?'. 저 멀리 결승선 바닥에 놓여 있는 두 개의 치약 세트. 사람은 다섯인데 상품이 두 개뿐이라니. 우당탕하다가 헛손질하지 않으려면 무조건 1 등으로 들어가는 수밖에 없다. 비장함이 감도는 순간 출발.

달려라, 달려! 오른쪽 제치고 왼쪽 제치고 잡았다! 그리고 나는 쓰러졌다. 허벅지는 묵직한 비명을 남기고 장렬하게 전사한 듯했다. 〈해리포터와 비밀의 방〉 퀴디치 게임 장면에서 록허트 교수의 잘못된 마법으로 해리의 팔뼈가 없어져 고무막대기처럼 변했었는데 내 다리가 딱 그렇게 된 것 같았다. 도저히 힘이 들어가지 않아 일어설 수가 없었다.

선생님들에게 들려서 학부모들이 앉는 스탠드에 눕혀졌는데 남편, 남편이 없어졌다. 선생님들이 다리를 주물러 주다 경기 진행을 하러 가고 혼자 치약을 쥐고 뻗어 있었다. 주변 사람들이 다가와 근육 이완제를 먹어라 어째라 계속 말을 걸었다(정말 고마웠어요~). 하필 내가 달리기할 때 남편은 회사에서 급한 전화가 오고 하필 전화 받을 때 나는 운동장 바닥에 드러누운 이 기가 막힌 타이밍이라니. 일을 처리하고 온 남편의 얼굴을 보는데 남들은 못 듣는 말이 나는 들렸다.

'적당히 좀 해라, 적당히!'

도무지 일어서지를 못해 결국 남편에게 업혀서 응급실에 갔다. 응급실에 갔지만 그다지 위급한 상황은 아니다 보니 응급이 아닌 처치를 받아 주사를 맞고 약을 먹고 나서야 내 발로 걸어 운동장으로 돌아갈 수 있었다. 그런데 벌써 사람들이 나오고 있었다. 운동회가 끝나 버렸다. 이럴 수가.

아들은 한 번뿐이었던 유치원 운동회를 엄마, 아빠도 없이 외롭게 치르고야 말았다. 담임 선생님이 우리 아들 손을 잡고 함께 뛰었다는데… 아아악! 아들 손을 잡고 있었어야 할 내 손에 치약이 웬 말이냐! 승부욕, 참 사소한 데만 발동하는 이 죽일 놈의 승부욕! 원장님~ 왜! 왜 치약을 두 개만 두셨나요? 그냥 선물 주시는 김에 다 주시든지, 차라리 손등에 1등 도장이나 꾸욱 찍어 주시지. 치약값보다 병원비가 더 많이 들었어요. 게다가 우리 아들 운동회 사진 한 장 없다고요. 땅바닥에서 버둥거린 저의 창피함은 어쩌나요.

그 후로 나는 달리기 트라우마가 생겼다. 다시는 학부모

달리기 같은 데 나서지 않겠다 다짐했는데 그게 또 그럴 수가 없는 일이 자꾸 생겼다.

　아들이 다닌 중학교에서는 축제 겸 체육대회 때 엄마들이 떡볶이를 비롯해 여러 가지 먹거리를 만들어 아이들이 실컷 먹을 수 있게 했다. 물론 경기에도 온몸을 바쳐 참가했다. 엄마들 경기가 시작되자 나는 절대 못 뛴다며 몸을 사렸고 옆에 있던 키 큰 엄마가 얼떨결에 떠밀려 나갔는데 뒤돌아보며 하는 말….

　"나 천식 있는데."
　"하. 언니, 들어와. 내가 뛸게."

　그 엄마가 뛰다 호흡곤란이라도 오면 어쩌나, 그렇게 나는 또 달리기 시작했다. 죽어라 뛰었다가 저번처럼 들려 나가는 게 창피할까, 대충 뛰다가 나 때문에 졌다는 소릴 듣는 게 더 창피할까 생각하는데 뒤에서 뛰던 엄마가 쌩하고 지나갔다. 나는 아들 반 친구들 앞에서 눈을 내리깔아야 했다.

그다음 다음 해, 나는 어쩌다 또 운동장에 섰다. 이번에는 장애물 달리기였다.

첫 번째는 그물 통과. 대충 구부리고 지나가면 될 줄 알았는데 애들이 어찌나 팽팽하게 그물을 잡고 있는지 유격훈련 하듯 기다시피 해서 지나가야 했다. 장애물 달리기가 차라리 낫겠다고 생각한 건 착각이었다.

두 번째는 허들 넘기. 달려가며 보니 생각보다 허들이 많이 높았다. 뛰어넘느냐, 아래로 지나가느냐, 허들과 한 몸이 되어 넘어지느냐 생각이 많아졌다. 다행히 앞서던 엄마가 아래로 지나가길래 따라서 지나갔다. 그뿐만 아니라 매트에서 구르기와 밀가루 속의 숨은 사탕 먹기도 있었다. 하여튼 멀고도 험한 운동장 한 바퀴를 거의 다 돌았을 때쯤엔 다리가 후들거렸다. 그때….

"어머니, 달리세요!"

아들의 담임 선생님이 옆에서 소리 지르며 같이 달리고 있었다.

'그래, 이게 내 인생 마지막 달리기다.'

  우리 팀이 이겼는지 졌는지 기억도 안 난다. 그저 아무 탈 없이 잘 끝났다는 것만 생각난다. 어린이집부터 중학교까지 두 아이의 운동회를 떠올리니 뭉클하기도 즐겁기도 한 기억들이 줄줄이 소환된다. 열심히 애들 키웠다며 스스로 칭찬하다가 한 가지 사실을 깨달았다. 애들 운동회인데 애들이 뭘 한 기억보다 내가 뭘 한 기억이 더 많다는 거. 하하하. 이 세상의 중심은 '나'인 건가?

꽃비가 내리면 만나기로 해

네 생각이 났어.

뒤척이다 겨우 눈꺼풀을 들어 올렸는데 아침이 오려는 건
지 밤이 오려는 건지 모르겠더라. 팔다리는 이불에 눌어붙은
것 같고, 블라인드 너머는 아주 어두웠어. 마침 알람이 울리
지 않았다면 더 자려고 했을 거야.

아직도 비가 오나보다 했어. 빗소리가 들리지 않는데도 말
이야. 몸도 천근만근이고 아무것도 하기 싫은 그런 날 있잖
아. 딱 그런 날이었어. 당장 해야 할 일을 찾지 않으면 그렇
게 누워 있다가 오전이 다 지나갈 것만 같았지.

'오늘 뭘 해야 하더라?'

그때 갑자기 네가 생각났어.

'메리 크리스마스' 문자라도 해야지 했는데 크리스마스가 지나가고, 새해 인사는 꼭 해야지 했는데 새해 인사를 하기가 민망할 만큼 지나 버렸네. 1년에 한두 번 안부를 물으면서 나는 핑곗거리만 찾았더라. 너와 만나지 못하는 이유, 내가 찾아가지 않을 이유. 찾은 핑계라 해 봤자 고작 바쁘다는 거지.

'5월만 지나면 좀 괜찮으니까….'
'가을이 1년 중 제일 바쁠 때라….'

여름엔 너무 덥고 겨울엔 너무 춥다며 나들이하기 좋은 날 만나자고 했지. 너에게 전화를 걸면서 받지 않았으면 하다가, 막상 받지 않으면 섭섭하면서도 받지 않아서 다행이다 싶었어. 전화보다는 점점 문자가 편해지고 문자도 점점 드문드문해지면서 그렇게 몇 년을 보냈네. 나에게 너의 안부를 묻던 사람들이 이제는 묻지 않을 만큼 시간이 지났나 봐.

차가운 베란다 타일 바닥에 맨발로 서서 블라인드를 걷어 올렸어. 비는 오지 않았어. 구름이 하늘을 빈틈없이 메웠을 뿐이었지. 회색 구름, 잿빛 구름.

난 회색이라는 이름이 싫어. 코끼리를 그리지 않는 이상 오도카니 자리만 지키던 회색 크레파스가 생각나서 그런가. 회색이란 이름은 왠지 지루하고 외로워. 나무색, 풀색, 개나리색, 장미색 하듯이 회색에게 다른 이름을 붙여 주고 싶어. 비구름색 어때?

구름은 원래 모든 빛을 산란시키기 때문에 흰색으로 보인대. 그런데 구름끼리 서로 빛을 반사하고 그림자를 만들기도 하면서 어두워 보이거나, 구름이 두꺼울수록 빛이 통과하기 어려워서 어두워 보이기도 한대. 지금의 너와 내가 그런 것 같아. 너의 슬픔이 너무 짙어 어떤 위로도 소용이 없고, 나는 너의 그림자 속에서 서성거리기만 하는 것 같아서 말이야. 어두운 구름과 그 구름의 그늘에 숨겨진 작은 구름.

여전히 네 마음은 힘들고 몸은 아프고 연락을 피하고 있는 거라는 생각이 들어. 하지만 너는 포기하지 않고 조금씩 아주 조금씩 무거운 물방울들을 털어 내는 중이라고 믿을래. 너에게 시간을 주는 것이 더 좋을지도 모른다며 자꾸 뒷걸음 쳤지만 이제 그러지 않을게. 처음과 달라진 마음이더라도, 조금의 틈이 생겼다면 생긴 대로 너의 마음을 두드릴게. 비틀거리는 너의 팔을 끼고 같이 걸을게.

사실 우리는 너무 가까웠던 적도 없고 오래 함께하지도 않았지. 그런데 너는 머릿속에 폭풍이 불던 어느 날, 나에게 전화를 했어. 그날 이후로 너는 나에게 기도 중에 불현듯 생각나는 이름이 되었어. 사람과 사람이 가까워지는 데는 시간의 무게가 중요하다고 생각했는데 너와 나는 단번에 십수 년의 우정을 쌓아 버렸네. 그래서 너는 나에게 특별한 사람이 되었나 봐.

올해는 꽃이 일찍 필 거래. 겨우내 빈 가지뿐이었던 나무들이 꽃을 피우는 모습은 늘 감동이야. 꽃을 시샘하는 바람이 호락호락하진 않겠지만 이제 곧 상앗빛 자줏빛 목련이 이른 봄을 마중하고 돌 틈의 민들레가 산책을 반기는 시간이 오겠지. 4월이 시작될 때쯤이면 안양천 주변을 따라 하얀 벚꽃이 눈부시게 피고 그 아래 노란 개나리가 폭포수처럼 쏟아질 거야.

친구야, 이번 봄엔 그 벚꽃길을 함께 걸어 보자. 전화할게. 꼭 받아.

시를 써도 될까요?

　　몇 해 전 여름, 팔순이 가까운 시인이 책 몇 권과 함께 호두를 닮은 열매 두 알과 호두 두 알을 건네셨다.

"글 쓰려면 이런 책들도 한번 읽어 봐."

"와, 선생님 너무 감사해요."

"손에 힘이 있어야 글도 쓰는 거야. 이거 뭔지 알아?"

"호두 아니에요?"

"이건 가래나무 열매야."

"가래나무요?"

"이거 손에 쥐고 굴리면 좋아."

　　들어 본 적도 없는 가래나무 열매를 보았다. 개인적으로 인사드린 적도 없고 글 쓴 지 얼마 되지도 않은 병아리 작가를 응원하는 시인의 마음에 감동했던 날이었다. 내가 태어나기 전부터 글을 써 오신 분이 이제 막 작가의 길에 들어선 후배에게 무엇이 필요할지 생각하시고 챙겨 나오신 그 마음이 참 따스했다.

요즘엔 펜을 쥐어야 할 손의 힘보다 오랜 시간 노트북 앞에 앉아 있어도 아무렇지 않을 허리의 힘이 더 중요하다. 하지만, 가래나무 열매를 떠올리는 것만으로도 주눅이 든 허리가 꼿꼿해지는 것 같았다.

그다음 해인가 전시회에서 뵌 시인에게 감사한 마음을 글에 담아 드렸다. 돌아가시는 길에 시인은 슬쩍 눈길을 주며 말씀하셨다.

"시 써도 되겠어."

시를 배워 본 적도 없는 내가 시인에게 '시'를 써서 드린 용기가 기특하셨나 보다.

오랜만에 서랍 속 가래나무 열매를 꺼내 보았다. 몇 년 전 넘어지며 골절된 후 주먹이 잘 쥐어지지 않는 왼손으로 열매를 굴려 보았다. 되도록 오래 시인을 뵙고 싶다. 조금씩 더 나은 글을 써 가는 사람이 되고 싶다.

선물

시인이 건네준 가래나무의 열매 두 알
손에 꼭 쥐어본다

이른 봄 꽃샘추위 속 목련
한여름 시원한 소나기
늦가을 바래진 은행잎
겨울밤 길고 긴 불면까지

시인의 사소했던 때론 특별했을
하루, 또 하루가
계절을 되짚어
내 손에 스며든다

살아야 할 시간의 쓰임과
감당할 무게를 헤아리지 못한 채
웅크리고 앉았던 마음이
드디어 기운을 차렸다

마저 굽혀지지 않는 손가락 안에 머문

가래나무의 열매 두 알

딱딱한 껍데기 속에 감추어진

시인의 눈길과 마음길을 따라간다

*가래나무 : 추자목. 우리나라 토종나무.
　　　호두나무와 비슷하지만 호두보다 껍질이 훨씬 두껍고 알맹이도 훨씬
　　　작다.

중년 마마 납시오!

소셜 클럽의 시작

'복자 클럽'이 발단이었다.

복자 클럽은 드라마 〈부암동 복수자들〉에서 너무 다른 세 명의 여자와 한 고등학생이 복수를 위해 결성한 공동체의 이름이다. J와 W와 나, 우리 셋은 드라마를 재밌게 보다가 의기투합했다.

"우리도 하나 만들지, 뭐."

빛의 속도로 클럽 이름도 만들었다. 우리가 만난 동네 이름을 따서 BD 소셜 클럽.

재벌가의 딸 이요원 대신 평범한 중산층의 딸, 남편에게 잡혀 사는 명세빈 대신 남편보다 목소리 큰 아내, 낙천적인 라미란보다 더 낙천의 꼭대기 층에 오른(아니고 오르고 싶은) 엄마가 우리의 정체성이다.

복수 따위는 하지 않는다. 뮤지컬, 콘서트, 전시회, 음악회, 카페탐방, 그림 그리기, 글쓰기, 필사, 작가 초청 강연, 여행… 구미가 당기는 것은 뭐든지 한다. 누가 뭘 하고 싶다 그러면 '하자~' 하고, 어디 가고 싶다 그러면 '가자~' 하고, 먹고 싶다 그러면 '먹자~' 한다. 세상에 못 할 게 하나도 없어 보인다. 서로의 일정을 맞추기 바쁘다.

BD 클럽은 알 사람은 알지만 모르는 사람은 모르는 비밀 클럽이다. SNS에 뒷모습만 나온 사진을 올리거나 얼굴을 가리고 올린다.

셋이 돌아다니면서도 어리바리할 때가 있는데 희한하게 한 명은 곧 정신을 차려서 아주 당황스러울 일은 없다. 셋이라서 얼마나 다행인지 모른다며 나날이 새로운 일을 모색했다.

한번은 김영하 작가의 강연에 가면서 J가 작가의 얼굴을 그려 선물하려고 들고 갔다. 따로 사인회도 하지 않아 어떻게 전달할까 고민했지만 셋이서 못할 건 없었다. 주최 측 직원에게 읍소하여 주차장에서부터 강연장까지의 동선을 파악한 후 조용히 대기했다. 작가가 엘리베이터에서 나오자마자 J는 그림을 들고 달려가고 W는 작가를 부르고 나는 순식간에 인증샷을 찍었다. 아쉽게 J만 사진을 찍었지만 우리는 질척대지 않았다. 감사하단 말을 남기고 잽싸게 강의장으로 들어갔다.

〈부암동 복수자들〉이 2017년에 방영했으니 BD 클럽도 벌써 7년째다. 멤버도 늘었다. 4년 전에 합류한 B는 우리 셋을 업고도 다닐 것같이 씩씩하고 빠릿빠릿하다. 넷이 되니 더 좋다. 유비, 관우, 장비처럼 의형제를 맺은 건 아니지만 어찌나 든든한지 내가 사고를 치면 수습해 주고 억울한 일을 당하면 나서서 싸워 줄 것만 같다. 아쉬운 거라면 각자의 일이 바빠지고 한 명이 멀리 이사를 하면서 완전체로의 모임이 쉽지 않다는 거다.

타고난 성격과 취향이 같진 않지만, 더없이 잘 맞는 지점이 있다. MBTI로 말하자면 NFP(직관적, 감정적, 인식적)의 성향이 많은 편이다. 계획성 없는 사람들만 모여 죽도 밥도 안 될 거라고, 의식의 흐름대로 날아다니는 사람들만 모여서 배가 산으로 가면 어떡하냐고 걱정하지 않아도 된다. 우리는 계획이 없는 사람들이 아니다. 계획은 세우되 계획대로 안 돼도 타격감이 거의 0에 가깝고, 배가 산으로 가면 신난다고 손뼉 칠 사람들이니까.

게다가 따로 또 같이 삶을 누리며 서로에게 페이스 메이커가, 상처에 바르는 연고 같은 존재가 되어 가고 있다. 그래서 BD 클럽의 다가올 날들이, 또 각각의 미래가 무진장 기다려진다. 시작은 미비하였으나 끝은 창대하리라.

BD 클럽 흥해라~!

내 몫을 줄이며 살아가는 삶

"나이가 들수록 내 몫을 줄이면서 살아가는 것에 대해 생각하게 되더라."

모임에서 만난 지인의 말이 너무 멋있어서 얼른 메모했다. 이것저것 부연하지 않아도 단번에 고개를 끄덕이게 했다. 왜 그러려고 하는지, 왜 그래야 하는지 굳이 말하지 않아도 알 수 있었다.

그녀의 몫이 무엇이든 충분히 누려도 될 나이일 뿐 아니라 받아도 괜찮을 만큼 잘 살아온 사람임이 분명한데 자신의 몫을 줄여 가겠다는 목소리는 참 담담했다. 그런 인생 선배의 목소리는 카랑카랑한 쇳소리가 아니라 낮고 둥글고 따뜻한 종소리 같았다. 나이 들수록 입은 닫고 지갑은 열어야 한다거나 꼰대가 되지 않으려면 끊임없이 배워야 한다는 식의 솔직한 표현들과 결이 달랐다. 간결하면서도 우아하게 마음에 퍼져 나갔다.

그녀는 사실 특별했다. 딸뻘, 조카뻘 되는 지인들과 스스럼없이 어울리는데 그 모습이 참 자연스럽다. 넘치거나 지나침이 없어서 오히려 존재감이 있다. 캐주얼한 옷차림만큼이나 캐주얼한 자세 때문이라 생각했는데 그게 다가 아니었던 거다.

내 몫을 줄이면서 살아가는 삶이라… 말이 쉽지 실천은 어렵다. 자꾸만 나서는 입과 마음을 붙드는 게 어디 그렇게 쉽냐 말이다.

그녀라면 그렇게 살아갈 수 있을 것 같다. 하고 싶은 말이 많아도 참을 줄 아는 사람, 조언을 핑계로 가르치려 들지 않는 사람, 연륜의 무게를 가볍게 만들 수 있는 사람, 열정은 지니되 욕심은 내지 않는 사람으로 말이다.

담백한 노년의 삶, 멋지다.

서로의 그림자가 되어 곁을 지켰네

그때, 우리 외할아버지는 무슨 생각을 하셨을까?

아내도 친구도 없이 딸의 집 거실에 홀로 앉아 무슨 생각을 하며 하루를 보내셨을까?

스무 명도 넘는 손자, 손녀의 이름은 다 기억하셨을까?

가끔 흥얼거리시던 콧노래는 무슨 노래였을까?

맨날 똑같은 날인데 콧노래 나올 일이 뭐가 있었을까?

일주일에 한 번 교회 가실 때 빼곤 나갈 일도 없으셨는데 왜 그렇게 새벽마다 목욕하시고 한복 갖춰 입고 계셨을까?

무릎 꿇고 날마다 무슨 기도를 하셨을까?

100년 가까운 세상살이 중에 언제 가장 행복하셨을까?

그 긴 하루를 도대체 어떻게, 어떻게 참아 내셨을까?

어버이날을 앞둔 어린이날과 석가탄신일 연휴 때면 연례 행사처럼 시댁과 친정에 다녀온다. 한번은 다녀오는 길에 유독 외할아버지가 생각났다. 고속도로 위에서 지금껏 한 번도 해 보지 않았던 많은 질문이 떠올랐다. 왜 그땐 궁금하지 않았을까?

외할아버지는 9남매의 여덟째이자 막내딸인 우리 엄마의 손을 잡고 아흔일곱의 삶을 마감하셨다. 백수하실 줄 알았는데 딱 두 달 거동을 못하시다가 주무시듯 떠나셨다.

정확히 생각나시는 않지만 외할아버지는 내가 중학생일 무렵부터 함께 사셨던 것 같다. 외할아버지의 인생이 나의 인생과 포개지는 시절이었다. 아빠의 아버지가 쓰셨던 방을 엄마의 아버지가 쓰시게 되었다. 어렸을 때라 친할아버지의 기억은 별로 없지만, 외할아버지에 대한 기억은 제법 있다.

설날이 다가오면 떡국 해 먹을 가래떡을 써시고, 양손을 둥글게 말아 쥔 채 망원경처럼 벽시계를 보시고, 전복내장을 맛있게 드시던 외할아버지의 모습. 겨울에 쓰시던 외할아버

중년 마마 납시오!

지의 밤색 털모자, 수학여행 다녀오며 사 드린 왕골 베개, 하회탈 같던 외할아버지의 웃는 얼굴, 이가 없으셔서 모든 반찬을 가위로 종종 잘라 차려 드리던 밥상….

외할아버지와 외손녀 사이지만 몇 번 본 적 없고 낯설기까지 했을 처음을 생각해 본다. 십 대의 내가 상상할 수 있는 나이는 고작 이십 대 정도였는데 외할아버지는 구십 대에 접어드셨다. 외할아버지의 나이에서 내 나이를 뺀 76년이란 세월의 무게를 도저히 가늠할 수 없었다. 한참 사춘기였을 나, 아들의 집을 떠나 딸의 집으로 오시게 된 할아버지, 분명 처음에 우리는 각자의 외로움과 낯섦을 다독이기에도 바빴을 거다. 그래서 데면데면했던 적도 있었을 테지만 핏줄이어서인지 어색하거나 불편하지는 않았다. 외할아버지가 종일 혼자 적적하시겠다고 생각한 적도 있었지만 그 정도 연세라면 이런저런 것에 무뎌지셨을 거라고 쉽게 단정했다.

외할아버지가 살아 내신 하루를 그려 보았다.

용두암이 서 있는 제주 바다를 마당처럼 내다보셨을 외할아버지는 머릿속으로 고향길을 수백 번 걷고 짠 내 나는 물의 향을 수백 번 떠올리셨겠지. 악다구니 치던 아들 생각에 마음이 저리기도 하고, 먼저 떠난 아내 생각에 쓸쓸하기도 하셨겠지. 갈수록 생생해지는 수없이 많은 기억으로 어수선한 날도 있으셨겠지. 사위가 잘한다 해도 눈치가 보였을 테고, 손녀가 학교에서 돌아올 때까지, 딸 부부가 퇴근할 때까지 온갖 상념으로 텅 빈 집을 채우고 계셨겠지.

외할아버지를 생각할수록 마음에 애처로움만 가득했다. 나는 왜 조금 더 다정한 손녀가 되어 드리지 못했을까.

마흔을 훌쩍 넘기고서야 외할아버지의 마음을 헤아려 본다. 외할아버지가 나에게 어떤 분이었는지 생각해 본다. 외할아버지는 나에게 의자의 등받이 같으셨다. 한낮의 고요함이 무서울 때면 헛기침 소리로 안심시켜 주셨다.

"정화 왔냐?"

이 한마디로 쓸쓸하지 않게 귀가할 수 있게도 해주셨다.

사실 외할아버지가 말씀하실 때면 못 알아듣는 것이 태반이었다. 제주도 사투리를 쓰시는 데다 치아가 없으셔서 발음이 정확하지 않았기 때문이다. 우리는 어쩌면 각자 말하고 싶은 대로 말하고 듣고 싶은 대로 들었는지 모른다. 몇 마디 주고받고 나면 외할아버지는 늘 짧은 감탄사와 함께 활짝 웃으셨다. 외할아버지는 나를 보고 항상 환하게 웃으셨다.

　나의 사춘기에, 외할아버지의 황혼기에, 혼자인 줄 알았던 시간 속에 서로에게 그림자가 되어 함께했던 시간이 있었다. 마주 보고 있지 않았어도 제대로 대화 한번 길게 나누지 못했어도 그냥 서로에게 온기가 되어 주었던 시간이었다. 외할아버지도 내가 조금은 위안이 되지 않으셨을까?

　봄이어서, 여름이 다가와서 **보고 싶다, 우리 외할아버지.**

당신 덕분입니다

　스키장에 간 아들에게서 전화가 왔다. 용돈도 넉넉히 주었는데 한창 재미있게 놀 시간에 전화가 왔다는 건 좋은 소식이 아니라는 거다.

　"살려 줘!"

　스노보드를 타다 넘어진 아들은 구급차에 실려 성수동에 있는 병원으로 옮겨졌다. 왼쪽 팔꿈치가 탈구되면서 인대와 근육이 파열되었다. 탈구된 뼈를 제자리에 넣고 부기가 빠지길 4일이나 기다려서 수술했다.

　"엄, 마… 농구 하고 싶어. 농… 구… 농구 할래."

수술실에서 나오자마자 아들이 게슴츠레 눈을 뜨더니 대번에 농구 타령을 했다.

"엄, 마⋯ 농⋯ 구⋯ 농구 할 거야. 엄마."

TV 예능 프로그램에서 수면내시경을 하고 나온 연예인이 잠꼬대 같은 헛소리를 하더니 그런 건가? 했던 말을 또 하고 또 했다. 별 내색 안 하더니 수술을 기다리는 동안 많이 걱정했던 걸까? 그래도 그렇지, 다 큰 아들이 엄마를 자꾸 부르니 침대를 이동해 주는 남자 직원에게 살짝 민망했다.

"얘가 지금 마취가 덜 깨서 이러는 거겠죠?"
"그럴 수도 있는데 제가 보기엔 엄마한테 어리광부리는 거 같은데요? 흐흐흐."
"아, 흐흐흐. 그래요?"
"남자는 나이가 드나 안 드나 그래요. 어릴 땐 엄마한테 나중엔 마누라한테."
'새로 산 농구공 택배 왔던데 그거 들고 언제 농구 하러 갈래? 휴~.'

왼손잡이가 왼팔을 다친 데다가 오른손엔 링거를 꽂고 있어서 이것저것 옆에서 시중들어야 했지만 수술하고 나니 여유가 생겼다. 그래서 아들의 식사를 챙겨 주고 나면 밥 먹고 오겠다며 병원을 나섰다. 사실은 밥을 핑계로 동네 구경을 나간 거였다. 혼자 아무 목적 없이 이 동네를 걸어 볼 기회가 다시는 없을 것 같았다. 병원을 중심으로 윗동네, 아랫동네, 길 건너 동네 여기저기 기웃거렸다.

출근하는 사람들의 테이크아웃이 휘몰아치고 난 뒤의 텅 빈 스타벅스에서 느긋하게 커피를 마셨다. 예쁜 브런치 카페에서 아보카도 하나가 통째 올려진 샌드위치도 먹었다. 스페셜티 커피를 파는 카페를 검색해서 아들과 함께 마실 커피를 샀다. 안양에서 찾아온 친구와 함께 성수동 맛집을 찾아가기도 했다. 제일 좋았던 곳은 화양동 골목시장이었다. 원래 시장 구경하는 걸 좋아하는데 이곳은 근처에 대학교가 있어서 그런지 젊은 사람들이 참 많았다. 가게마다 밝힌 불빛 사이로 드문드문 어둠이 끼어들면 맛있는 냄새와 시끌벅적함이 어우러져 낮보다 훨씬 활기찼다. 대형 할인점의 북적임과는 다른 시장만의 자유로운 분위기가 좋아 며칠 동안 저녁마다

중년 마마 납시오!

시장에 갔다.

떡볶이가 먹고 싶어 유명 연예인이 다녀갔다는 가게를 찾아 나선 저녁이었다. 휴대전화로 지도를 보며 가는데 쉽게 찾을 수가 없었다. 내가 길치임을 다시 한번 확인하며 걷던 중에 몰려 있는 사람들을 보았다. 김이 펄펄 나는 커다란 솥 앞이었다. 사람들 틈에서 홀린 듯 서 있었다. 분명 빨간 매운 떡볶이가 먹고 싶었는데….

'만두나 먹을까?'

모락모락 맛있는 냄새를 풍기는 뜨거운 만두는 추운 겨울 저녁 더없이 당기는 메뉴이긴 하다. 하지만 만두를 기다리는 그들의 뒷모습이 아니었다면 망설였을 리 없다. 만두를 향한 무언의 설렘이 가득한 그들의 연대에 흔들리고 말았다. 갓 쪄서 나온 만두를 호호 불어서 간장에 콕 찍어 먹고 싶었다. 노란 단무지도 곁들여서. 혼자 먹었더라면 평범했을 맛이, 혼자 있었더라면 시시했을지도 모를 곳이 금방 특별해졌다.

그 순간을 더 선명하게 만들거나 반전을 가능하게 하는 건 사람들뿐이다. 아무리 재미있고 아름답고 대단한 것도 함께 하는 사람이 없으면 밋밋해져 버린다. 반대로 어디나 있을 법한 풍경과 맛이 함께하는 사람 덕분에 색다르게 기억되기도 한다. 맞다. 사람들 때문이다.

다행이다

김이 펄펄 나는 만두 찜솥 앞에서
꿈적 않고 기다리는 사람들이 없었더라면
리프트 아래로 귀여운 빨간 신발이
보이지 않았더라면
마스크 안에서 퍼져 나오는 웃음소리가
들리지 않았더라면

시장 만둣가게
대공원 리프트
겨울 저수지

내가 찍은 사진 속에 그들이 없었더라면

떡볶이 먹으러 가는 길에
그 앞에서 멈춰 망설이지 않았을 테고
생기 잃은 놀이동산의 흐린 하늘을
그리 오래 쳐다보지 않았을 테고
무채색 같은 겨울 저수지가

너무나 쓸쓸했을 테지

그들이 있어서 비로소 완성되는 맛있고 즐겁고 평안한 일상의 풍경

구멍 났던 마음이 채워진다

함께여서 참 다행이다

중년 마마 납시오!

함께여서 다행인 하루를 마치며

'함께'라는 말만 들어도 긴장이 풀리고 웃음이 나옵니다.

오늘도 늘 함께하던 혹은 예고 없이 등장한 그들 덕분에

봄바람 같은 하루를 보냈습니다.

둥글게 둥글게 흘러가다 보면

언젠가 내가 그들에게 힘이 되어 줄 날도 있겠지요.

일상 다섯

그림책 읽다가
잠드는 밤

매주 그림책 수업을 하는 도서관 앞마당에도 가을이 깊어 갑니다.

바람이 지나가는 길목에 앉아 커피를 마십니다.

바람은, 빨갛고 노란 나뭇잎 사이를 지나가며 빨갛고 노란 웃음을 떨어뜨립니다.

내 손을 잡아요

『어느 우울한 날 마이클이 찾아왔다』
전미화, 웅진주니어

어느 날, 시끄럽게 현관 벨이 울린다. 문을 연 여자 앞에
낯선 공룡이 서 있다.

"무슨 일로 왔소?"

"춤추러."

여자에게서 잡상인 취급을 받으며 문전박대를 당했지만, 공룡은 아랑곳하지 않고 여자의 집 앞에서 음악을 틀어 놓고 요란하게 춤을 춘다. 음악 소리에 도어 뷰어로 밖을 살펴보던 여자는 자기도 모르게 흥에 넘쳐 춤을 추기 시작한다. 그러다 급기야 문을 열고 나가 공룡과 함께 신나게 춤을 춘다. 통성명을 나눈 공룡 마이클과 여자 달보는 2인조 댄스 팀이 되어 또 다른 우울한 이를 찾아 떠난다.

하! 이 공룡 너무나 매력적이다. 주저리주저리 돌려 말하지도 않는다. 말로만 이래라저래라 하지도 않는다. 뭐가 정답이라고 단정 짓지도 않는다. 핵심만 딱 말하고 온몸으로 함께 뛰어 준다. 그냥 함께 열렬히 춤을 춘다. Just dance! 그게 다다. 깊은 위로보다 단순한 응원이 더 효과적일 때가 있다.

열심히 팔다리를 휘저으며 춤추는 마이클과 달보의 모습을 그림으로 보는데 음악 소리와 신나는 추임새가 들리는 것 같다.

"아, 예~"

"앗~싸!"

이 이야기가 여기서 끝났다면 우울한 기분도 단번에 바꿔 줄 웃긴 그림책으로만 기억될 수도 있었다. 달보는 자신의 변화를 이끌어 준 마이클의 요청을 기꺼이 받아들여 춤이 필요한 누군가를 함께 찾아간다. 마이클과 달보를 만나 변하게 된 이는 그들처럼 또 누군가를 찾아가며 선순환이 이루어진다. 혼자만 좋기 없기. 이 책을 정말 좋아하는 이유다.

결혼하며 지방에서 올라온 나는 아는 사람 하나 없는 곳에서 연년생 두 아이를 낳아 키웠다. 남편은 아침 6시쯤 출근해서 밤 8시가 넘어서야 퇴근했다. 소위 말하는 '독박육아'였지만 아이들이 예뻤고 힘들지만 잘 지내고 있다고 생각했다.

그러던 어느 날 무심코 책장을 보다가 대학교 때 공부하던 토익책이 눈에 들어왔다. 그때부터 틈틈이 토익 공부를 하기 시작했다. 남편은 취직할 것도 아닌데 왜 토익 공부를 하는지 물었다. 나도 딱히 이렇다 할 이유가 있었던 건 아니었다.

그냥 해야 할 것 같았다. 두어 번 토익시험도 치러 갔다. 남편은 길도 잘 모르는 아내가 시험장이나 잘 찾아가려나 싶어 아이들을 차 뒷자리에 태우고 시험장까지 데려다주곤 했다.

오랜 시간이 지나서 그때를 돌이켜 보니 그때 어떤 돌파구가 필요했었던 것 같다. 모두 잠든 한밤중에 열심히 미드도 보고 책도 읽었다. 지금처럼 SNS나 온라인동호회 같은 것들이 활성화되지 않았을 때 혼자서도 잘 먹고 잘 놀았다. 아이들이 어린이집에 가게 되면서 동네 아이 엄마들과 모여 열심히 수다도 떨었다. 그런데 가끔 마음이 허했다. 이제 막 서른이 된 나, 아이들의 이야기를 빼고 할 수 있는 내 이야기는 무엇이 있을까? 조바심이 나기도 했다.

그런데 세상을 향해 닫혀 있던 문을 두드려 주는 사람들이 하나씩 찾아오기 시작했다. 마이클처럼 찾아온 그들 덕분에 나는 내 작은 울타리를 벗어나 세상으로 나섰다. 백화점 문화센터에서 스토리텔링을 배우기 시작했고 도서관 봉사 활동도 했다. 독서 모임도 하고 이런저런 자격증도 땄다. 같이 글 쓰러 다니자고 찾아온 마이클을 따라나선 덕에 지금은 이렇게 글도 쓴다.

　나는 참 좋은 사람들을 많이 만났다. 내 삶에 정체되었던 시간마다 손을 내밀어 준 사람들, 나서길 망설이던 순간마다 등을 떠밀어 준 사람들. 참 복도 많지, 마이클 같은 사람들이 늘 주위에 있었다. 지금 내가 하는 거의 모든 일이 그들과 시작되었다. 내가 잘한 거라면, 마이클의 권유를 뿌리치지 않고 받아들인 달보처럼 그들이 내민 손길을 마주 잡았던 거다. 껍데기를 깨고 나갈 수 있게 먼저 다가와 주고 함께해 준 나의 모든 마이클들에게 고맙다. 그래서 나도 누군가에게 마이클 같은 존재가 되어 주고 싶다. 마이클이 들고 다닌 카세트 플레이어 대신 그림책을 들고서 말이다.

　그림책 옆에 끼고 당신의 마음 문을 두드릴 때, **부디 그 문을 열고 내 손을 잡아요.**

따지지 마, 나이 같은 거

『방방이』
이갑규, 한림출판사

진심으로 나이를 잊고 싶을 때가 있다. 아파트 바자회에서 미니 바이킹을 발견했을 때, 놀이동산에서 회오리 감자 사 먹을 때, 한강 어린이 놀이터 짚라인이 너무 타고 싶을 때, 셀프 사진 스튜디오 앞을 지나갈 때, 애쉬카키로 염색한 탐 스러운 긴 머리를 보았을 때.

애들이 재미있어 하는 건 어른도 재미있는데 왜 애들만 할 수 있는 걸까. 나이가 든다고 재미있던 게 갑자기 시들해지고 호기심이 갑자기 사라지는 것도 아니다. 탈모 방지 샴푸 쓰는 주제에 탈색하고 염색하면 대머리 되려나?

아이는 방방이에서 친구들과 신나게 놀다가 밖에서 기다리는 아빠에게 들어오라고 손짓을 한다. 어쩌면 아빠는 아이들을 부러운 눈빛으로 쳐다보았는지 모른다. 아빠는 잠시 머뭇거린다. 나이 먹어서 애들 노는 데 방해나 한다고 수군거리지나 않을지 눈치가 보였을 테다. 주저하면서도 방방이에 올라선 아빠는 어느새 방방이 위의 무법자, 덩치 큰 개구쟁이로 변하고 만다. 아빠 때문에 마구 튕겨 오르고 나동그라지던 아이들은 방방이 밖으로 도망간다. 그 모습을 본 어른들이 몰려와 아빠를 나무라며 방방이로 올라가는데 금세 방방이의 리듬에 몸이 자연스럽게 반응하고 만다. 치마가 부풀어 오르고, 불룩한 뱃살이 보이고, 감쪽같던 가발이 벗겨지도록 신나게 뛴다.

하늘 향한 두 팔이, 자유로운 두 다리가, 환호성이 터져 나오는 것 같은 커다란 입이, 체면을 차려야 하는 어른으로서의 '나'는 완전히 내려놓은 모습이다. 저 밑바닥에 숨어 있던 아이의 모습을 소환해 신나게 뛰고 구르며 움츠러들었던 마음이 기지개를 편다. 치켜 올라갔던 눈썹이 내려오고 사납던 입꼬리가 순해진다. 무겁게 깔려 있던 걱정 근심이, 말하지 못한 속상함이 방방 뛰면서 마음 밖으로 죄다 튀어나왔나 보다.

잠깐의 귀여운 일탈을 한다고 해서 나잇값도 못하는 어른이 되는 건 아니다. 나잇값이란 것을 해야 할 때가 있긴 하지만 나이가 자유로움을 뺏어 가지 않았으면 좋겠다. 나이 먹음에 대해 관대해졌으면 좋겠다. 남에게 폐가 되지만 않는다면.

어른이 되면서 잊어버린 아이의 해맑은 표정과 순수했던 마음을 잠깐이라도 되찾는 시간을 가지는 것은, 어른들에게 치유와 회복의 시간이 될 수 있다고 생각한다. 긍정의 힘을 발휘할 수 있는 에너지가 될 수도 있다. 방방이에서의 시간처럼 순수한 즐거움을 몸 구석구석 채우고 마음이 오래 기억하게 만들어서 행복한 어른이 많아지면 좋겠다. 나이 먹음에 대한 편견 따위는 꼭꼭 접어 넣어 두고 어른의 마음을 품은 아이의 웃음으로 무장하고 다시 세상 속으로!

잘 알지도 못하면서

『이파라파 냐무냐무』
이지은, 사계절

평화로운 마시멜롱 마을에 어느 날 거대하고 시커먼 털숭숭이가 나타난다. 마시멜롱들은 모두 모여 위협적인 모습의 털숭숭이가 외치는 말을 열심히 분석한다.

"이파라파 냐무냐무."

한 마시멜롱의 잘못된 분석으로 마시멜롱들은 무서운 상상에 이르게 된다. 꼬치에 줄줄이 꿰어져 모닥불 위에 올라가고 핫초코에 풍덩 빠져 털숭숭이의 입속으로 들어가게 되는 그런 상상. 마시멜롱들은 털숭숭이를 제압할 작전을 시작하지만 실패하고 만다. 아직 세상에 대한 편견이 없는 꼬마 마시멜롱은 혼자 털숭숭이를 찾아가고 마시멜롱들은 최후의 불화살 공격을 한다. 끄떡 않는 털숭숭이가 다시 큰 소리로 외치는데 꼬마 마시멜롱이 한마디 한다. 소리 지르지 말고 또박또박 말하란다. 눈물을 흘리며 털숭숭이가 말한다.

"이빨 아파, 너무너무."

이 그림책은 선입견과 그로 인한 소통의 어긋남에 관한 이야기다. 마시멜롱들은 외모에서 비롯된 의심으로 털숭숭이에게 잘못된 확신의 딱지를 붙였다. 그리고 나니 털숭숭이의 말이 제대로 귀에 들어올 리 없었고 털숭숭이의 상황을 살필 이유도 없었다.

선입견을 가지고 성급하게 판단하면 관계는 쉽게 어그러

지기 시작한다. 찰떡같이 말했는데도 개떡같이 알아듣고, 삐딱한 시선은 점점 더 그 기울기가 심해지며, 오해가 오해를 낳는 악순환이 계속된다. 서로가 아주 차갑게 마음의 거리를 늘려 갈 때 객관적인 시선을 가진 중재자가 있다면 정말 다행이다. 꼬마 마시멜롱처럼 말이다.

꼬마 마시멜롱의 순수함은 왜곡된 시선 없이 그 대상 자체를 바라본다. 커다란 덩치, 뾰족한 발톱, 가늘고 길쭉한 눈, 무시무시한 목소리를 가졌을 뿐인 털숭숭이로 바라보았다. 주변에 휩쓸리지 않고 자기만의 시선으로 솔직하게 말하고 행동한다.

나에 대한 사람들의 선입견은 이런 거였다. 혼자 커서 자기밖에 모를 것 같다는 둥, 집안일을 못하게 생겼다는 둥, 아무 걱정 근심 없이 편하게 산 사람 같다는 둥.

'형제 없이 자라면 다 이기적인가? 대가족 속에서 자라도 배려가 부족한 사람 많더구먼.'
'도대체 집안일을 못하게 생긴 건 어떻게 생긴 거야?'

'내가 너무 많이 웃었나 보네. 분위기 축축 처지게 인상 한 번 써 볼까?'

욱할 때도 있지만 어이가 없을 때도 있었다. 뭔가 마음에 들지 않았거나 불리해졌을 때 심술궂게 말하는 사람도 있었다.

"쟤는 혼자 커서 그래."

잘 키워 주신 부모님께 죄송해서라도 그런 말은 듣고 싶지 않았다. '외동딸 같지 않다'라는 말을 들으려고 한 건 아니었지만 '혼자 커서'라는 말을 듣지 않으려 애쓰기도 했다. 이 나이가 되니 나에게 그렇게 말하는 사람도 없고 말한들 별로 마음 상할 것도 없다. 대놓고 내가 먼저 얘기를 하기도 한다.

"나 옛날에 공주였는데 지금은 무수리가 됐어."

선입견 때문에 기분 나쁘고 어이없고 손해 봤던 모든 이들이여! 반전을 노려 보자. 나쁘지 않다. 하던 대로 하다 보면 반드시 그대들의 참모습을 알게 될 테고 볼수록 괜찮은 사람이라며 칭찬 아닌 칭찬을 받을 수도 있다.

　타인의 시선으로부터 자유로워지길, **누가 뭐라고 하거나 말거나 나는 나의 길을 간다.**

안아 줄게

『초코가루를 사러 가는 길에』
박지연, 재능교육

　오래전 한 방송국 프로그램에서 엄마 뱃속에서 7개월 만
에 태어난 쌍둥이 자매를 보았다. 1kg 남짓 눈도 뜨지 못하
는 작은 아기들이 있는 힘을 다해 생을 이어 가는데 동생의
건강이 위태로워졌다. 간호사는 언니와 동생을 한 인큐베이
터에 넣었는데 언니가 동생을 감싸 안듯이 어깨에 팔을 둘렀

다. 그 후 동생은 기적처럼 회복되었고 쌍둥이 자매는 건강하게 자랐다.

무엇이든 안아 주는 걸 좋아하는 곰은 초코차를 아주 좋아했다. 어느 날 초코 가루를 사러 가는 길에 울고 있는 여우를 만난다. 친구들의 오해 때문에 속상해서 우는 여우를 곰은 그냥 꼭 안아 주었고 여우는 어리둥절하다가 울음을 그친다. 곰은 화가 난 돼지도 만난다. 오지 않는 버스 때문에 자신이 게으르게 보일까 봐 화난 돼지를 곰은 꼭 안아 주었고 돼지는 미소를 되찾는다. 말썽꾸러기 토끼 삼총사는 곰을 보자마자 곰의 바구니를 노리며 사납게 군다. 하지만 곰이 아무 말 없이 꼭 안아 주자 토끼들은 온순한 원래의 얼굴로 돌아온다.

아이와 엄마가 함께하는 유아 수업에서 이 그림책을 들려주자 엄마들 입에서 탄성이 나왔다. 포근한 그림과 따뜻한 이야기에 누가 먼저랄 것도 없이 엄마와 아이가 꼭 껴안았다. 이 그림책을 보는 내내 서로에게 갈색곰의 푹신한 가슴이 되어 주고 상냥한 손길이 되어 준다. 사랑스러운 눈 맞춤을 하고 서로의 뺨을 맞댄다.

"선생님은 안아 줄 사람이 없네."

아이들이 달려와 나를 꼭 안아 주었다. 말랑말랑한 아이들의 두 팔이 내 목을 감싸고 모두 한 덩어리가 되어 꼭 끌어안으면… 아! 정말 행복하다. 몸으로 부딪쳐 온 아이들의 맑음이 순간 내 몸과 마음을 꽉 채웠다. 두 팔을 벌려 가슴 가득 서로를 안아 준다는 건 그런 건가 보다.

무방비로 나를 내어 줄 만큼 너를 믿고 소중히 여긴다는 것,
서로의 숨소리를 듣고 서로의 심장을 공유하며 너를 나처럼 나를 너처럼 토닥이는 것.
슬프거나 놀라거나 화가 날 때 안전한 울타리 같은 두 팔 안에서 잠잠해지는 것.
마음을 다해 축하하고 속 깊은 응원을 보내는 것.
그냥 기분 좋아지게 하는 것.

딸은 나에게 나는 남편에게 툭하면 안아 달라고 한다. 시도 때도 없고 대단한 이유도 없다. 아들이 슬그머니 다가와 나를 안아 주기도 하고 미간을 잔뜩 찌푸린 남편을 내가 먼

저 안아 주기도 한다. 우리는 서로의 안아 주어야 할 때를 안다. 우리는 안아 주며 안고 토닥이며 각자에게 필요한 위로와 격려와 지지와 사랑을 보낸다. 겪은 어떤 일도 겪어야 할 어떤 일도 서로의 품 안에서 사그라들고 또 피어난다.

안아 주면, 꼭 안아 주면 정말 괜찮아진다.

오늘도 배짱 좋게 잘 살아갑니다

『나보다 멋진 새 있어?』
매리언 튜카스, 국민서관

필살기, 사람을 죽이는 확실한 기술. 이 살벌한 말을 사용
하고 싶을 때가 있다. 오로지 나여야 하는, 반박 불가의 필살
기 하나 있으면 좋은데 아직 딱히 이렇다 할 게 없다.

군이 찾자면 글쎄 뭐가 있으려나. 동네 친구들의 칭찬에

힘입어 남편이 회사 그만두면 김밥집 차려야겠다던 불고기 김밥? 엄마표 묵은지에 두꺼운 삼겹살만 올렸을 뿐인 김치찜? 죽어 가는 나무도 살려서 아들 나이만큼 키워 내는… 미다스의 손도 아니고 뭐지?

『나보다 멋진 새 있어?』의 주인공 빌리는 날씬한 다리 때문에 속상했다. 친구들이 비리비리하다고 놀렸기 때문이다. 그래서 열심히 운동하고 부지런히 먹고 옷으로도 가려 봤지만 소용없었다. 어느 날 미술관에 간 빌리는 기발한 생각을 하게 된다. 빌리는 부리에 그림을 그리기 시작했다. 예술 작품 같은 빌리의 멋진 부리에 친구들은 감탄한다. 어느새 빌리는 부리에 그림을 그리지 않은 날도 마른 다리를 당당하게 내놓고 걸었다. 친구들은 그런 빌리의 다리와 걸음걸이까지도 부러워하게 된다.

그림책 수업을 하면서 자존감이나 자신감에 대해 아이들과 얘기 나눌 때가 있다. 아이들에게 잘하는 것 한 가지만 말해 보라고 하면 쉽게 입을 열지 못한다. 그럼 내가 먼저 나선다.

"있잖아, 선생님은 목소리가 엄청 커. 선생님 남편이 그러는데 선생님이 소리 지르면 엘리베이터에서도 들린대."

나는 목소리가 크다. 웃는 소리도 크다. 혼내는 목소리는 당연히 더 크다. 나도 애 낳기 전엔 목소리가 그리 크지 않았던 것 같은데, 연년생 남매를 키우다 보니 교양 있는 엄마는 물 건너갔고 시끄러운 엄마가 됐다.

어쨌든, 선생님의 예상치 못한 자랑에 가만히 있는 아이들은 별로 없다. 아, 그런 거! 남보다 잘하는 어떤 대단한 걸 말하지 않아도 되는구나. 아이들은 킥킥거리면서 잘하는 걸 경쟁하듯 외친다. 초등 저학년일 때는 선생님의 자랑거리를 능가하는 엄청난 트림이나 방귀를 말한다. 초등 고학년 정도면 다정하고 진지한 것들도 이야기한다. 그렇게 말하다 보면 대단한 뭔가가 없어도 그냥 이 모습 이대로의 내가, 또 네가 귀엽고 재밌고 사랑스럽게 느껴진다. 부끄럽지 않다. 서로 자랑하느라 목소리가 커지지만, 주눅 드는 아이는 아무도 없다. 동그랗든 세모나든 네모나든 아무 상관이 없다. 다 예쁘고 귀한 아이들이다.

그림책의 주인공 빌리는 필살기를 찾고야 말았다. 그 필살기 덕분에 친구들에게 인정받을 수 있었지만, 결코 그 필살기 때문에만 자신을 자랑스러워했던 것은 아니다. 자신의 뛰어난 능력을 발견하고 멋지게 펼쳐 보이면서 있는 그대로의 자신을 받아들이는 법을 알게 되었기 때문이다. 대단한 것하나 없더라도 자신에 대한 애정과 믿음과 응원이 확고하다면 남의 시선과 평가에 갇히지 않을 수 있다. 빌리는 필살기를 쓰지 않아도 당당히 친구들 앞에 나설 수 있게 되었다. 멋지다 빌리!

글 쓰는 베짱이, 나는 오늘도 설렁설렁 글을 쓴다. 소문난곳 구경 가야 하고, 좋아하는 드라마도 제시간에 꼭 봐야 하고, 궁금한 건 알아야 하고, 그냥 뒹굴뒹굴도 해야 하고 일도해야 하니까 그렇다. 사실은 다 핑계다. 천재 작가도 아니면서 열심히 쓰지도 않는 배짱 좋은 베짱이 작가다.

나는 그저 이런 내 캐릭터를 잘 지키며 가늘고 길게 글을 써 보기로 한다. 마구 마음이 쪼그라들 때면 기도도 해 보고, 응원해 주는 사람들 덕에 용기도 내 보고, 어떻게든 계속 글을 쓰고 있는 나를 칭찬하면서 말이다. 빌리처럼 드라마틱하게 필살기를 찾을 그날을 기대하며 평범한 재주로 인생을 재밌게 살기로 한다.

고요한 밤, 눈 오는 밤

『눈이 오는 소리』
천미진/홍단단, 키즈엠

겨울날 아침, 밤새 하얗게 내린 눈을 본 아이는 울고 만다. 잠든 사이에 눈이 와서 보지 못한다고 우는 아이에게 엄마는 눈이 소리 없이 내려서 그렇다며 달랜다. 그 말을 들은 눈송이들은 며칠 후 강아지 소리를 내며 찾아온다. 하지만 온 동네 강아지들이 함께 짖기 시작하고 아이는 시끄럽다며 이불

속으로 숨어 버린다. 그다음에 눈송이들은 고양이 소리를 내며 찾아오는데 고양이들뿐만 아니라 온 동네 강아지들까지 시끄럽게 울고 아이는 귀를 막아 버린다. 눈송이들은 고민하다가 노래를 부르기로 한다. 눈송이들이 함박눈이 되어 크게 노래하자 아이는 잠이 깨고 드디어 눈이 오는 모습을 보게 된다.

눈 내리는 밤에 캐럴도 좋고 재즈도 좋지만, 하얀 눈이 펄펄 내리는 밤에 가장 잘 어울리는 건 고요함이다.

너무 추워서 차를 끌고 외출한 어느 겨울밤이었다. 집에 돌아갈 시간, 펑펑 내리는 눈은 내리자마자 꽁꽁 얼어서 주차장 앞 비탈길을 도무지 올라갈 수가 없을 것 같았다. 할 수 없이 차를 주차장에 두고 집까지 걸어갔다. 버스가 다니는 큰 길이 아닌 주택들 사이의 좁은 길과 시장을 가로질러 아파트와 상가들을 지나갔다. 걷다가 자동차 바큇자국이 난 눈 속에 떨어진 휴대폰을 발견했다. 눈이 없었다면 떨어지는 소리를 들었을 텐데 발이 푹 들어갈 정도로 눈이 왔으니 휴대폰을 놓치고도 몰랐겠다. 앞뒤를 살펴보니 지나다니는 사람도 없었다. 나중에 주인이 찾으러 오기 편하게 바로 옆 가게에 맡겼다.

집으로 가는 익숙한 길이 그날은 조금 낯설게 느껴졌다. 보통의 날 보통의 시간이라면 들리는 소리가 하나도 없었다. 눈 밟는 소리 정도가 들렸으려나⋯ 완벽하게 고요하고 평화로운, 신기한 밤이었다. 그리 늦은 시간도 아니었는데 늘 이 길을 오갔던 사람들은 다 어디 갔을까? 불은 켜져 있으나 즐거운 침묵 중인 가게들과 하얀 길이 옛날 크리스마스카드에서 보았던 눈 덮인 마을 같았다.

눈이 오길 얼마나 기다렸는지 모른다. 따뜻한 남쪽 바다를 보며 자란 나는 결혼하기 전까진 눈을 굴려서 눈사람을 만들 수 있을 만큼의 눈을 본 적이 거의 없었다. 진눈깨비 아닌 함박눈은 TV에서나 보던 것이었다. 눈에 대한 동경이 있을 수밖에 없다. 눈 위에서 데굴데굴 굴러 보고 싶었다. 이제는 겨울마다 눈 구경이 쉬워졌지만 그래도 겨울만 되면 눈을 기다린다. 일기예보에 눈 소식이라도 있으면 출근길 걱정이 늘어지는 남편 사정이야 어떻든 나는 좋기만 하다. 금방 기분이 좋아진다. 운전하기 어려워도 상관없다. 안 나가면 되지. 버스 타면 되지. 장도 못 보고 배달도 안 되면 '냉장고 파먹기' 하면 되지. 꽁꽁 언 길은 천천히 걸으면 되지. 시커멓게 눈 녹은 물이 바지에 튀면 빨면 되지.

크리스마스에 눈이 오면 좋겠다. 사람들의 발을 묶어 버리는 그런 눈 말고, 모든 걱정과 불안을 잠시 잊어버릴 만큼만 하얗고 소담스러운 눈. 눈오리 집게로 오리 가족을 만들어 줄 만큼의 눈만 내리면 된다. 눈 내리는 고요한 밤, 완벽한 겨울밤이 기다려진다.

"펄펄 눈이 옵니다. 하늘에서 눈이 옵니다."

이별하는 방법

『여행 가는 날』
서영, 위즈덤하우스

　코비드 19로 시립도서관의 모든 수업이 전면 중단되었다
가 실시간 온라인 수업으로 대체되었을 때였다. 어른들을 대
상으로 한 그림책 수업이 온라인 수업으로 바뀌면서 달라진
점이 있었다. 아이들이 어려서 수업 참석이 어려웠던 젊은
엄마들이 많이 참여하게 된 것이다. 어린이집이나 유치원에

가지 못한 아이들은 엄마와 함께 수업에 참여하기도 했다.

오전 10시 화상 회의 창이 열렸다. 네모난 창 안에 열일곱 개쯤의 작은 네모난 창이 열렸다. 각자의 이름이 달린 창 안에는 마스크를 쓰지 않은 반가운 얼굴들이 있었다. 그렇게 라도 서로 얼굴을 마주 보고 이야기를 나누며 일상을 계속할 수 있다는 것이 참 다행인 날들이었다.

매주 다른 주제의 그림책을 소개하고 읽어 주기도 했는데 그날은 아이들보다 어른들이 더 공감할 만한 그림책들을 준비했다. 그중 한 권이 가족들과 영원한 이별을 앞두고 유쾌하게 떠날 준비를 하는 할아버지의 이야기를 그린 『여행 가는 날』이었다.

제목과 표지만 보았을 땐 할아버지가 혼자 꽃놀이라도 떠나는 줄 알았다. 뽀얀 안개 같은 꼬마 손님을 보고서야 내가 생각한 그런 여행이 아니라는 걸 알았다. 할아버지는 먼저 떠난 부모님과 아내와 친구를 만날 생각에 설레서 준비한다. 혹시 아내가 알아보지 못할까 젊은 시절의 사진도 챙기고 친구와 대결하려고 바둑책도 챙긴다. 코털 가위, 탈모 방지 빗, 돋보기안경과 은단까지 꼼꼼하게 준비를 한다. 남겨질 가족들에 대한 배려도 잊지 않는다. 최선을 다해 살아간 뒤에 새로운 세상을 향해 떠나는 할아버지의 모습은 주저함이 없다.

"걱정 말거라. 나는 그리운 사람을 만나러 가는 거란다."

수강생들의 모습을 둘러보다가 왼쪽 가장 구석에 있는 창에 시선이 머물렀다. 그녀는 햇빛을 등지고 앉았는지 실루엣만 진하게 보였는데 그림자 같은 실루엣이 살짝 들썩거리는 것 같았다.

'웃고 있는 건가? 그럴 수 있지. 오랜만에 아내를 만난다고 얼굴에 팩을 하고 삶은 계란까지 챙기고 있으니.'

그런데 그녀의 손이 자꾸 오르락내리락했다. 하얀 무언가를 쥐고. 아! 그녀가 울고 있었다.

그녀의 오디오는 꺼져 있었지만 흐느낌이 들리는 것만 같

있다. 소리 없는 눈물이 더 슬플 때가 있는데 그때가 그랬다. 그녀는 열일곱 개의 창 속에 숨어 있었다고 생각했을지 모르지만, 수업하면서도 시선이 자꾸만 그녀를 향했다. 궁금했지만 묻지 않았다. 묻는 것이 어려울 때가 있다. 그녀가 대답하기 힘든 질문을 하고 싶지도 않았지만, 어렵게 대답했을 때 내가 뻔한 위로밖에 할 수 없을 것 같아 묻지 않았다.

　분명 그녀는 그 순간 떠오른 이별이 있었을 테고 희석되지 않는 슬픔이 몰려와서 감당하기 어려웠는지 모른다. 그녀가 너무 안쓰러웠다. 아침부터 그녀를 울린 것만 같아 미안했다. 소리가 없는 화면 속에서 간간이 들썩거리던 그녀의 어깨를 토닥여 주고 싶었다. 시간이 약이라지만 그녀가 슬픔에 덤덤해질 때까지 너무 많은 시간이 걸리지 않았으면 했다.

　사랑하는 사람들과의 이별은 언제나 힘들다. 삶의 정점에서 혹은 너무 일찍 혹은 갑작스럽게 이별하게 될 때, 남겨진 사람들의 슬픔과 당황스러움과 분노는 말로도 글로도 표현하기 어렵다. 미리 마음의 준비를 했다 해도 덜하지 않다. 오랜 시간이 지나도, 슬픔은 마음 깊숙이 가라앉아 있다가 별

안간 튀어나오곤 한다. 몸과 마음을 상하게도 하고 일상을 헝클어뜨리기도 한다.

『여행 가는 날』에서 죽음을 맞이하는 할아버지의 모습은 유쾌하기까지 하다. 두려워하거나 슬퍼하지 않는다. 즐겁게 저세상으로의 여행을 준비한다. 할아버지가 먼 길을 떠나는 모습은 뜻밖의 위로가 되었다. 슬퍼하지 않아도 된다고 말하는 것 같다. 떠나는 사람의 마음이 이러하다면 보내는 사람들, 남겨진 사람들도 이별이 상처가 되지 않을 수 있을 것도 같다. 여전히 견디기 어려운 일이지만 말이다.